Hubert Luschka

Die Nerven des Menschlichen Wirbelkanales

Anatiposi

Hubert Luschka

Die Nerven des Menschlichen Wirbelkanales

Unveränderter Nachdruck der Originalausgabe von 1850.

1. Auflage 2023 | ISBN: 978-3-38240-166-5

Anatiposi Verlag ist ein Imprint der Outlook Verlagsgesellschaft mbH.

Verlag: Outlook Verlag GmbH, Zeilweg 44, 60439 Frankfurt, Deutschland
Vertretungsberechtigt: E. Roepke, Zeilweg 44, 60439 Frankfurt, Deutschland
Druck: Books on Demand GmbH, In de Tarpen 42, 22848 Norderstedt, Deutschland

DIE NERVEN

DES MENSCHLICHEN WIRBELKANALES.

VON

Dr. HUBERT LUSCHKA,

AUSSERORDENTLICHEM PROFESSOR DER MEDICIN AN DER UNIVERSITÄT ZU TÜBINGEN.

MIT ZWEI LITHOGRAPHIRTEN TAFELN.

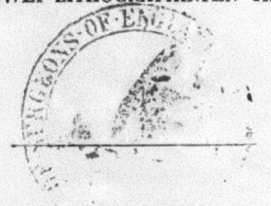

TÜBINGEN, 1850.

VERLAG DER H. LAUPP'SCHEN BUCHHANDLUNG.

(LAUPP & SIEBECK.)

Druck von H. Laupp jr.

Vorwort.

Die in den nachstehenden Blättern mitgetheilten Beobachtungen erscheinen vorzugsweise nur als die Consequenzen einer frühern Untersuchung [1]. Bei der dort gewonnenen Ueberzeugung, dass die in der harten Hirnhaut verlaufenden Nerven nicht ihrem Gewebe angehören, sondern in die Haut ihrer Blutleiter und in die Knochen gehen, musste sich der Gedanke von selbst aufdringen, dass in dem morphologisch und physiologisch der Schädelhöhle verwandten Wirbelkanale, mutatis mutandis dieselben Verhältnisse stattfinden werden. Was sich fast vollständig erschliessen liess, das hat die directe Untersuchung auch als durchgreifend richtig erwiesen, indem sich herausstellte, dass die Nervenanordnung im Wesentlichen hier dieselbe und nur formell verschieden ist.

Mit wie vielen Schwierigkeiten es indess verknüpft sein musste, bis der Gegenstand zum vollen Verständnisse gebracht und demonstrirbar war, das wird nur derjenige begreifen, welcher mit derlei Untersuchungen vertraut geworden ist,

---

[1] Die Nerven in der harten Hirnhaut. Tübingen, 1850.

uud anerkennen, wie tief begründet die Worte PURKINJE'S sind, welcher zuerst das Bestehen eigenthümlicher Nerven des Wirbelkanales verkündete:

»Es werden noch angestrengte Beobachtungen erfordert werden, um die Vertheilung dieser Nerven, sowie ihren Zusammenhang mit den übrigen Systemen gründlich zu beleuchten, zu beschreiben und durch Abbildungen zu erläutern.«

Möge es mir gelungen sein, den Forderungen des grossen Meisters zu genügen!

Tübingen, im August 1850.

Luschka.

Einleitung.

Je mehr ein Organ der directen Beobachtung und Untersuchung während des Lebens entrückt ist, um so dringender äussert sich das Bedürfniss, durch ihm nahe stehende Gebilde die richtige Kunde seines Zustandes im gesunden und kranken Leben zu erlangen. Es sind aber vor Allem die Nerven, welche einen lebendigen Wechselverkehr vermitteln und die Lebensäusserungen der durch sie verbundenen Organe zur Kenntniss bringen. So lange man in der knöchernen Wandung des Wirbelkanales nur ein starres Schutzmittel für das Rückenmark sah, konnte man sich nur aus ihrer gröbern mechanischen Einwirkung eine Vorstellung von der Wechselbeziehung zu demselben schaffen. Mit der Kenntniss vom Bestehen sensitiver, aus dem Rückenmarke stammender Nerven, welche unmittelbar in die Wirbel gelangen, wird für mehrfache normale und pathologische Zustände eine zureichende Einsicht gewonnen. So werden die Wirbelknochennerven demnächst die Erscheinungen aufklären, welche die Untersuchung der Wirbelsäule für Zustände ergibt, die ihren Inhalt, insbesondere das Rückenmark betreffen, aus welchen man bisher oft Schlüsse gezogen und Diagnosen festgestellt hat, ohne dass man mindestens jederzeit im Stande war, die Ergebnisse der Untersuchung in einen mit dem supponirten Leiden naturgemässen materiellen Zusammenhang zu bringen. Ich erinnere nur an die Aeusserungen des Schmerzes beim Drucke auf die Dornfortsätze bei gewissen ihrer Stelle entsprechenden Leiden des Rückenmarkes, an mehrfache, theils selbstständige, theils auf Rückenmarksleiden beruhende Schmerzen im Kreuzbeine, für welche man schon die verschiedensten, aber in keiner Weise zulänglichen Erklärungsversuche gemacht hat. Zur Aufhellung gewisser Arten von Empfindungen, welche ohne allen Zweifel in besondern Zuständen des Venensystems im Wirbelkanale begründet sind, musste die Nachweisung von Nerven in demselben von der grössten Wichtigkeit sein. Wenn diese schon durch sich mehrfache Empfindungen vermitteln können, so werden sie andererseits durch ihre Rückwirkung auf die Blutleiter mit der Erzeugung einer plethora spinalis alle jene Erscheinungen zu Wege bringen, welche von einem Drucke auf die Spinalnerven herrühren und welche gewiss häufig mit grossem Unrechte einer Irritation des Rückenmarkes zugeschrieben werden. Ein Blick auf die Anordnung der Venen des Wirbelkanales wird diese Ansicht völlig rechtfertigen. Zwei Blutleiter ziehen vom Umfange des Hinterhauptloches, mit den Hinterhauptsblutleitern communicirend, in der ganzen Länge des Wirbelkanales bis an das Ende des Kreuzbeines herab. Sie liegen an der hintern Fläche der Wirbelkörper, beiderseits hart an die Ränder der hintern Längebinde anstossend und an sie durch Bindegewebe geheftet. Nach aussen hin erstrecken sie sich bis an die Seitenränder der Wirbelkörper. Da, wo sie auf den Wirbelkörpern aufliegen, treten in sie jene Venen, welche das Blut aus der Substanz der Wirbel zurückbringen. Es sind die venae basi-vertebrales, von denen meist zwei grössere und mehrere kleinere ihr Blut theils in die Längsblutleiter, theils in die Sinus ergiessen, welche an je einem Wirbel, unter der hintern Längebinde, jene beiden Blutleiter verbinden. Wie sich ein Verbindungszweig für einen jeden Wirbelkörper findet, so entspricht auch seinem Bogen eine aus mehrern kleinern Venen bestehende Verbindung, welche an der innern Fläche desselben quer verlaufend sich mit den Längsblutleitern verbindet. In dieser Weise wird für einen jeden Wirbel ein Venenkreis, circellus venosus, gebildet. Diese Venenkreise stehen unter sich durch zahlreiche kleinere Venen in Verbindung, welche

um die Zwischenwirbellöcher so reichlich sind, dass hier kleinere Gefässkränze um die austretenden Rückenmarksnerven
gebildet werden. Diese kleinern Gefässkränze, deren Füllungs-
zustand hauptsächlich von jenem der grossen Sinus abhängt,
üben den directesten Einfluss auf die Rückenmarksnerven, und
diese können bei einem hohen Grade von Plethora jener Gefässe einen Druck erfahren, der zu den bedenklichsten Erscheinungen sowohl im Gebiete des sensitiven als motorischen
Nervenlebens führen kann.

BRESCHET [1]) war es, welcher zuerst bündigere Aufschlüsse
über die Gefässanordnung im Wirbelkanale gewährte und durch
einen scharfen Vergleich mit den Anordnungen der Sinus in
der harten Hirnhaut lehrte, wie sich dort überall die Spuren
der Trennung hier vereinter Gebilde kund geben. Es zeigen
sich im Wirbelkanale überall die Folgen der Scheidung der
harten Hirnhaut in ihre beiden Platten. Vom Umfange des
Hinterhauptloches an bis in den Kreuzbeinkanal hinab findet
sich eine fast vollständige Trennung des Periosteums und der
dura mater. Als Andeutungen jener an der harten Haut des
Gehirnes vollständigen Verschmelzung beider Theile sind viele
feine Sehnenbündelchen zu betrachten, welche besonders an
dem vordern Umfange der dura mater des Rückenmarkes von
ihr zu dem Periosteum und zu der hintern Längsbinde gehen,
und auch an dem hintern Umfange an den verschiedensten
Stellen wahrgenommen werden. An den letzten Lenden- und
dem ersten Kreuzbeinnerven finde ich sie jederzeit, wo sie,
von der Nervenscheide abgehend, jene Nerven während ihres
Verlaufes durch den Wirbelkanal an die innere Fläche desselben anheften. Man findet diese Bildungen, welche eine
Art von tenacula darstellen, auffallend deutlich, wenn man, nach
Eröffnung des Wirbelkanales von hinten, ein Stück des Rückenmarkes nach Durchschneidung der Nerven einer Seite nach
der entgegengesetzten umzuschlagen sucht.

---

1) Recherches anat. physiol. et pathol. sur le système veineux. Paris, 1829.

Ausgezeichnet belehrend und zugleich die Bedeutung der Nerven, welche an einigen Stellen in der harten Hirnhaut verlaufen, aufklärend ist die Anordnung der Nerven des Wirbelkanales. Man erkennt hier bestimmt ausgesprochen ihre Beziehung zu den Knochen und zu den Blutleitern, indem sie mit der harten Haut des Rückenmarkes in gar keiner Beziehung stehen, sondern ganz ausserhalb derselben directe ihrem Bestimmungsorte zulaufen. Durch die innige Verschmelzung des Periosteums mit der harten Hirnhaut und durch das feste Anliegen derselben an die innere Schädelfläche, sowie durch die innige Umschliessung der Blutleiter durch die dura mater wurde das Verkennen der Bedeutung der Nerven in der harten Hirnhaut herbeigeführt und die Meinung veranlasst, als ob sie diesem Gebilde angehören, indessen man den gänzlichen Mangel von Nerven in der harten Rückenmarkshaut als etwas Räthselhaftes und einstweilen noch Unerklärliches auf sich beruhen liess.

Die Knochenhaut stellt im Wirbelkanale eine nur dünne Faserschichte dar, welche besonders schwach da getroffen wird, wo sie an die Blutleiter stösst. Sie sendet überall unter und über diese sehr dünne Faserbündel weg, so dass ein isolirter Sinus an seiner äussern Fläche überall einen dem fibrösen Gewebe eigenthümlichen schillernden Glanz besitzt, und auch unter dem Mikroskope die Charaktere des fibrösen Gewebes erkennen lässt.

Wo das Periosteum an die hintere Längsbinde anstösst, verschmilzt es theilweise mit derselben. Diese Verschmelzung ist namentlich innig an den Stellen, an welchen jenes Band an die Zwischenwirbelknorpel geheftet ist, geht aber an den nicht verwachsenen Stellen unter ihm weg, um ein Continuum mit der Ausbreitung auf der andern Seite darzustellen. Es bildet die Knochenhaut um die Blutgefässe und Nerven, welche in die Wirbelkörper treten, stärkere und schwächere Scheiden, und geleitet sie bis weit in das Innere der spongiösen Substanz.

Zwischen den Blutleitern und der Knochenhaut einerseits und der dura mater des Rückenmarkes andererseits findet sich ein Zellstoff angeordnet, welcher in Form einer membranartigen Ausbreitung nicht nur die ganze harte Rückenmarkshaut überzieht, sondern auch um die Spinalnerven noch innerhalb des Wirbelkanales und um jene tendinösen Adhärenzen vollständige Scheiden bildet. Besonders stark ist die Zellstoffmembran an dem vordern Umfange der harten Rückenmarkshaut, wodurch diese denn auch fester an die hintere Fläche der Wirbelkörper angeheftet wird. Bei sehr magern Individuen konnte ich nach sorgfältiger Eröffnung des Wirbelkanales diese Zellstoffschichte öfters in grössern Strecken von einer Stelle aus aufblasen und die Art ihres Umhüllens erkennen. Im Kreuzbeinkanale gelingt es nicht oder nur sehr unvollständig, die membranartige Ausbreitung herzustellen. Es ist diese Zellstoffmembran hauptsächlich der Sitz der Fettablagerung, welche denn oft in so reichlicher Menge stattfindet, dass man nur eine Fettschichte um die dura mater vor sich zu haben glaubt, die auch wohl, besonders bei den an Zehrkrankheiten verstorbenen Individuen, als eine gallertartig aussehende bräunliche Masse erscheint. In jener Haut erkannte ich ausser den Zellstofffäden, dem vorwiegendsten Bestandtheile, elastische und bündelweise angeordnete fibröse Fasern, freies und in Blasen eingeschlossenes Fett, viele Blutgefässe und die später des Genauern vorzulegenden Nerven. Ich werde jene Membran im Verfolge als die Zellgewebsschichte des Wirbelkanales bezeichnen.

Die Geschichte der Nerven des Wirbelkanales ist sehr jung und der Gegenstand nur von wenigen Beobachtern einiger Aufmerksamkeit gewürdigt worden.

Dem Scharfblicke PURKINJE'S [1]) ist es schon vor Jahren nicht entgangen, dass sich im Wirbelkanale ein System von Nerven befinde, welches aller frühern Beobachtung sich entzogen hatte. Es berichtet dieser Forscher, dass er an dem

---

1) Archiv für Anatomie, Physiologie etc. von J. Müller. Jahrgang 1845. Heft IV. S. 290.

Periosteum sowohl dort, wo es der Rückgratssäule unmittelbar anliegt, als auch da, wo es die venösen Geflechte überzieht, überall reichliche Bündel dünnfaseriger Nerven wahrgenommen habe, welche mittelst der Zwischenwirbellöcher mit dem sympathischen Systeme zu communiciren schienen, und das Ansehen vegetativer Nerven boten. Die Bestimmung dieser Nerven, sowie ihre endliche Verbreitung stellt PURKINJE noch völlig in Frage und hegt auch bezüglich ihres Ursprunges mehr nur Vermuthungen als eine bestimmte, auf directe Untersuchungen gestützte Ansicht. KOBELT [1]) theilt mit, dass er an der vordern Fläche des Kreuzbeines einen Nervenast beobachtet habe, der von einem der Sacralganglien kommend sich in drei Zweige theilte, die sich in den Körper des zweiten Kreuzbeinwirbels einsenkten. ENGEL [2]) erwähnt Nervenbündel, welche er in der Zellgewebsschichte des Wirbelkanales fand, deren Fasern 0,00015 P. L. Durchmesser haben. Die Angabe dieser Nerven geschieht von ENGEL ohne alle Rücksichtsnahme auf ihre Bedeutung, und namentlich ohne Angabe ihres Ursprunges und ihrer Endigung, ohne bestimmte Bezeichnung des Gewebes, dem sie angehören sollen, da unsere Zellgewebsmembran von jenem Beobachter schlechtweg »Sulze, welche die harte Rückenmarkshaut umgibt,« genannt wird. Als ich mit der Untersuchung der Nerven des Wirbelkanales nachgerade zum Abschlusse gekommen war, kamen mir KÖLLIKER'S [3]) Mittheilungen über die Nerven der Knochen zu Handen, denen zufolge er zahlreiche Nerven in die Wirbel des Rückgrates treten sah, ohne inzwischen ihren Ursprung zur Kenntniss gebracht zu haben. Aus der Beschaffenheit der primitiven Fasern sowohl, als auch aus der Analogie mit andern, ihrem Ursprunge nach bereits erkannten Knochennerven er-

---

1) Arnold, Anatomie I. Bd. S. 245.

2) Zeitschrift der Gesellschaft der Aerzte zu Wien. IV. Jahrgang. I. Bd. S. 311.

3) Verhandlungen der physikalisch-medicinischen Gesellschaft in Würzburg. I. Band. 1850. S. 69.

scheint indessen Kölliker ihre Entstehung aus dem animalen Systeme wahrscheinlich.

Sehr vielfache, schon längere Zeit auf diesen Gegenstand gerichtete Untersuchungen setzen mich in den Stand, einerseits ergänzende Mittheilungen zu den Beobachtungen meiner Vorgänger zu geben, indem es mir gelang, die Wirbelknochennerven nach ihrem Ursprunge und ihrer Vertheilung darzustellen, als auch andererseits durch die Auffindung der Nerven in den Blutleitern des Wirbelkanales einen weitern Beobachtungskreis zu eröffnen. Die bisher nur von wenigen Beobachtern angenommene und nachgewiesene Existenz von Nerven in den Blutleitern der harten Hirnhaut dürfte durch diese Nachweisung an einem verwandten Gebilde, eine ganz besondere Befestigung erlangen, wie denn auch vielleicht aus dem hier erkannten Ursprunge der Nerven ein Schluss erlaubt sein möchte auf die Abstammung der Nerven, welche wir in fast allen Venen erkannten, ohne sie jedoch bis zu ihrem Ursprunge verfolgen zu können.

I. Nerven der Rückgratswirbel.

Das Vorhandensein von Nerven in den Knochen der Wirbelsäule konnte keinen Augenblick zweifelhaft sein, nachdem ihre Existenz für verschiedene andere Knochen dargethan war. Die durch so viele Analogieen ausgesprochene Formverwandtschaft mancher Schedelknochen, in welchen Nerven schon nachgewiesen waren, mit den Wirbeln, musste für diese die Annahme von Nerven nicht wenig unterstützen und sie gewissermassen schon erschliessen lassen. Ich gelangte auch wirklich zu ihrer Kenntniss nicht zufällig, sondern nach Entdeckung einiger Nerven im Keilbein, lediglich durch die dort gewonnene Untersuchungsmethode, auf dem durch die Analogie vermittelten Wege. Freilich finden sich auch Differenzen, welche mit dem anders gewordenen Zwecke sich wie in dem Ganzen, so auch in den Einzelnheiten aussprechen. Das besondere Verhältniss der Hirnhautblutleiter zu dieser Membran erlaubte nicht, sie und die Schädelknochen mit einem und demselben Nerven zu betheiligen. Die grosse Ausdehnung der Schedelknochen erheischt Nerven für dieselben von den verschiedensten Puncten her, während die Blutleiter ihrer Lage nach von einem Puncte aus versorgt werden können. Der Ursprung der Knochen- und Blutleiternerven aus Stellen, an welche schon längst sympathische Verbindungsfäden gelangt waren, wie aus dem ersten und dritten Aste des Quintus, machten die Verbindungen mit einem gesonderten Faden aus dem Sympathicus unnöthig.

Ganz anders ist die Anordnung im Wirbelkanale. Hier liegen die Blutleiter durchaus ausserhalb der harten Rückenmarkshaut und stehen mit den Wirbelknochen in dem innigsten Zusammenhange, daher sie auch von gemeinsamen Nerven versehen werden konnten. Da diese aber nahe unter den Spinalganglien abgehen, noch ehe sich der sympatische Verbindungszweig innig genug mit den Fasern der spinalen Nerven mischen konnte, wird ihnen ein gesondertes Zweigchen des Sympathicus beigegeben, von welchem zugleich die Zellgewebsmembran des Wirbelkanales versorgt wird.

Es finden sich, soviele Spinalnerven es gibt, ebensoviele Knochenblutleiternerven, welche als erste Zweige peripherischer Verbreitung der Rückenmarksnerven die diesen nächstgelegenen Gebilde auch zuerst versehen, so dass erstens die knöcherne Wandung des Wirbelkanales, die Wirbelknochen, zweitens die Blutleiter, und zwar diese beiden Gebilde durch gemeinschaftliche [1]) animale Nerven, vermischt mit sympathischen Fasern, drittens die Zellgewebsmembran des Wirbelkanales, diese aber nur durch vegetative Nervenfasern, betheiligt werden.

1. Ursprung der gemeinschaftlichen Knochenblutleiternerven.

Unter dem Spinalganglion, aus dem Theile, in welchem sich die Fasern der vordern und der hintern Rückenmarkswurzeln mischen, entspringt der spinale Zweig jener Nerven. Die Stelle seines Abganges ist meistens sehr nahe dem Ganglion, nur $1—1\frac{1}{2}$ Linien entfernt; grösser ist die Entfernung an den Kreuzbeinnerven, an welchen sie bis einen halben Zoll und mehr beträgt. Die Ursprungsstelle findet sich jederzeit am inneren Umfange des gemeinsamen Nervenstammes, wo er im Zwischenwirbelloche noch auf dem Knochen aufliegt. Die innige Vermischung der Fasern macht es unmöglich zu entscheiden, ob er direct aus der hintern Wurzel seine Fasern

---

1) Da jeder Wirbel zwei ihm und seinen Blutleitern gemeinschaftliche Nervenstämmchen besitzt, so könnten diese für die systematische Anatomie vielleicht passend als *nervi sinuvertebrales* bezeichnet werden.

bezieht, oder aber, ob diese erst nach einigem Verlaufe gegen die Peripherie hin sich wieder nach rückwärts wenden, wie dies beim nerv. recurrens des ersten Astes vom Quintus der Fall ist. Es lässt sich nur darthun, dass das Nervchen mit zwei, seltener nur mit einem Würzelchen aus der Tiefe steigt und sich sodann alsbald gegen den Wirbelkanal hinzieht. Zwei Ursprungsfäden finden sich in der Regel, sie lassen sich aber oft nur dann genau erkennen, wenn etwas tiefer eingedrungen und das Neurilem entfernt wird. Sehr deutlich können sie immer an den stärkern Spinalnerven, besonders an den letzten Lenden- und an dem erstern Kreuzbeinnerven gesehen werden, wie denn überhaupt die Stärke der Wurzelfädchen sich vorzüglich nach der Grösse der zu versorgenden Wirbel, bisweilen auch nach dem Antheile richtet, welchen der Sympathicus an der Bildung des Wirbelknochenblutleiternerven nimmt.

Der zweite constant an der Bildung des Nerven theilnehmende Bestandtheil ist ein sympathischer Faden. Dieser ist fast immer ungleich zarter als der spinale und verbindet sich mit diesem unter einem spitzen Winkel, noch ehe er aus dem Zwischenwirbelloche in den Rückgratskanal gelangt. Das sympathische Zweigchen ist an seiner Ursprungsstelle meist nur eine Linie vom animalen entfernt und geht aus jenem Verbindungsaste des Sympathicus ab, welcher sich in den gemeinsamen Stamm des Rückenmarksnerven einsenkt.

Zu einem allseitigen Verständnisse sowohl dieses Verhältnisses, als später zu erörternder Beziehungen des Sympathicus zum Wirbelkanale theile ich hier mit, was mir die Beobachtung über die Verbindung zwischen dem Sympathicus und den Spinalnerven gelehrt hat.

Fast regelmässig erkannte ich zwischen dem Sympathicus und einem Spinalnerven drei Stellen, an welchen eine gegenseitige Verbindung stattfindet, welche durch zwei Aeste vermittelt wird, von denen der eine einfach, der andere aber meist in zwei Zweige gespalten ist.

Der erstere, meist zugleich der stärkere, findet sich zwischen einem Ganglion des Sympathicus und dem vordern Aste eines Spinalnerven gewöhnlich einen Zoll vom untern Ende eines Spinalganglion entfernt. Dieser Zweig schien mir immer weisser und härter zu sein als der andere, und dies besonders deutlich an den Dorsalnerven. Ich konnte ihn mehrmals bis in ein Ganglion des Sympathicus verfolgen, in welchem er sich in einen aufwärts und in einen abwärts steigenden Faden theilte, ohne seine weisse Färbung einzubüssen; ja ich verfolgte ein feines Zweigchen bis tief herab in den grossen Eingeweidenerven. An der Stelle, an welcher der Zweig mit dem Spinalnerven zusammenhängt, untersuchte ich recht oft unter der sorgfältigsten, bestmöglichen Entfernung des Neurilems, um hier die Art der Faserzüge zu beobachten. Ich habe einige Fälle verzeichnet, nach welchen das Faserbündel, welches jenen Verbindungszweig ausmachte, unter einem leichten Bogen aus dem Spinalnerven sich erhob und von hinten nach vorn gegen das Ganglion hin aufstieg. Die Fasern schienen mir in ihrer Qualität in Nichts von den übrigen der Spinalnerven verschieden. Diess Verhältniss begegnete mir bei Untersuchungen am Menschen, die bloss mittelst Lupe und Messer angestellt wurden, mehrmals in sehr auffallender Weise. Untersuchungen unter dem Mikroskope, wobei Stücke des Sympathicus kleiner Hunde mit dem Rückenmarksnerven und jenem Verbindungszweige so vorbereitet wurden, dass sie mit Essigsäure etwas durchscheinend gemacht und unter nur mässigem, aber längere Zeit unterhaltenem Drucke einer zur Erkenntniss der Faserzüge zureichenden Vergrösserung ausgesetzt wurden, zeigten mir wiederholt ein ähnliches Verhältniss. Da, wo der Verbindungszweig mit dem Spinalnerven zusammenhängt, sah ich fast immer das Abgehen eines Faserbündels, welches unter einem Bogen vom centralen Ende des Spinalnerven her nach aufwärts gegen das sympathische Ganglion zog und sich, in der Nähe seines vordern Randes angekommen, in mehrere sich kreuzende Bündelchen theilte, deren Fasern theils am Rande des Ganglion hin nach aufwärts, theils nach abwärts zogen, während der hintere Rand des Ganglions durch Fasern gebildet wurde, die in einer Richtung gerade gestreckt verliefen. Unerwähnt kann ich hier nicht lassen, dass mir in einem Falle in der Mitte des Ganglions mit Schlingen anfangende Nervenfasern sich zeigten, die mit ihren Schenkeln gegen den Verbindungszweig gerichtet sofort in der Dicke desselben verliefen. Einen Zusammenhang mit Ganglienkugeln, welche von ihrer Concavität nur lose umgeben waren, konnte ich nicht wahrnehmen, wiewohl es mir glückte, Ganglienkugeln mit an einem und an zwei Punkten entspringenden Nervenfasern zu sehen, ohne dass ich jedoch im Stande gewesen wäre, den Verlauf der letztern zu verfolgen. Sehr gewöhnlich erkannte ich einen grauen Faden, welcher aus dem untern Ende des sympathischen Ganglions hervorgehend hart an jenem Verbindungszweige hinzog und sich sodann in den Spinalnerven einsenkte, so dass es für diesen Faden unzweifelhaft schien, dass er eine Verbindung von dem Sympathicus zum Spinalnerven bilde, während umgekehrt Alles für eine Verbindung jenes dickern Zweiges vom Spinalnerven zum Sympathicus zu sprechen scheint. Soviele Gründe der Wahrscheinlichkeit für die Richtigkeit dieser Deutung der Anordnung sich mir während der Untersuchung aufdrängten, so wenig wage ich es indess, die Sache als eine unbestreitbare Thatsache hinzustellen, und glaube nur so viel festhalten zu müssen, dass an jener Stelle sich ein Austausch der Fasern beider Systeme findet, indem einerseits, worauf jene bogenförmig im Ganglion beginnenden Fasern hinweisen, sympathische Fasern nach der Peripherie, andere, und zwar hier gewiss die grosse Mehrzahl, vom Centraltheile des Spinalnerven zum Sympathicus hinziehen. Der Einwurf liegt sehr nahe, dass jene Art des Verhaltens der Fasern an der Verbindungsstelle des Spinalnerven weder für die eine, noch für die andere Ansicht etwas stringent Beweisendes enthalte. Man muss diesem Einwurfe

bei dem jetzigen Stande des Wissens und den dermaligen
Mitteln und Methoden der Untersuchung volle Rechnung tragen, und darf sich in keiner Weise exclusiv aussprechen.
Es ist zur Stunde durchaus nur gestattet, den einfachen Befund
als das vorläufige Material für spätere Arbeiten niederzulegen,
und höchstens nur Muthmassungen anzuknüpfen.

Von dem bisher beschriebenen Verbindungszweige sagt
Wutzer [1]) in Uebereinstimmung mit unserer Beobachtung:
»Substantia rami communicantis illi nervorum spinalium con-
grua esse videtur«, fügt aber, was wir nicht bestätigen können, bei, dass er in der Nähe des sympathischen Ganglion
angekommen allmälig röthlich werde und die Natur eines vegetativen Nerven annehme. Ganz unrichtig aber ist, was
Wutzer behauptet, dass auch dieser Zweig aus dem gemeinsamen Stamme je eines Spinalnerven entspringe, während sich
schon mehrere Beobachter vor ihm davon überzeugten, dass
er nur mit dem vordern Aste eines Rückenmarksnerven zu-
sammenhänge.

Als ein zweiter Verbindungszweig zwischen einem Spinalnerven und dem Sympathicus erschien mir jederzeit ein
grauröthlicher Faden, welcher aus der hintern Fläche eines
sympatischen Ganglions gegen dessen vordern Rand hin, bisweilen auch von einer Stelle des Verbindungsstranges abging
und gegen das Zwischenwirbelloch hinzog. Nach einem ganz
kurzen Verlaufe von 1 — 2 Linien theilte sich der Zweig in
zwei Aestchen, welche an zwei Punkten eine Verbindung mit
dem Spinalnerven vermitteln. Nur sehr selten finden sich statt
des einigen vor seiner Verbindung in zwei Zweige sich spal-
tenden Nerven zwei von Anfang an getrennte Fäden, welche
denn immer dünner zu sein, sich übrigens an demselben Orte
in den Spinalnerven einzusenken pflegen. Unterhalb dem Spinalganglion, allwo sich beide Wurzeln in ihren Fasern so
innig mischen, dass der Antheil der einen und der andern

---

1) De corporis humani gangliorum fabrica atque usu. Berolini 1817. S. 97.

Wurzel an der Bildung eines kurzen gemeinsamen Stammes in keiner Weise hervortritt, wo eine tausendfache Durchkreuzung bewegender und empfindender Nervenfasern stattfindet, hier befinden sich die Verbindungsstellen für den Sympathicus. Es ist der innere, gegen den Wirbelkörper hin gerichtete Rand des gemeinsamen Stammes, an welchem die beiden Zweige des sympathischen Fadens eintreten. Das eine mehr nach der Peripherie gelagerte Zweigchen senkt sich ohne vorherige Spaltung in jenen Stamm ein, nahe an der Scheidungsstelle in den vordern und den hintern Ast. Das andere, meist das stärkere Zweigchen tritt näher dem Spinalganglion ein, und lässt immer eine Faserung in mehrere deutlich gesonderte Bündelchen erkennen, von denen die einen gegen das Rückenmark hin in den Spinalnerven eintreten, die andern gegen die Peripherie hin, nach welcher Seite sie in weiterer Strecke hin als sehr zarte grauliche Fäden zwischen den weissen animalen Fasern verfolgt werden können, bis sie endlich mit diesen sich mischend dem Auge entgehen. Eine Trennung des Verbindungsfadens in zwei Zweige wird nicht immer deutlich gesehen, und an den Kreuzbeinnerven ist es gewöhnlich nur ein Zweig, welcher in den gemeinsamen Stamm des Spinalnerven eintritt, aber auch da ganz bestimmt eine Trennung seiner Fasern in central und peripherisch verlaufende wahrnehmen lässt, in ähnlicher Weise, wie dies an der Verbindungsstelle des Sympathicus mit dem dreigetheilten Nerven zu sehen ist.

Dieser Verbindungszweig ist es, von welchem die meisten Beobachter behaupten, dass er animale Fasern aus dem Spinalnerven zum Sympathicus bringe, dass er par excellence die spinale Communication bilde, nur konnte man sich lange Zeit darüber nicht einigen, ob er aus der hintern oder nicht vielmehr aus der vordern Wurzel allein entstehe, oder aber aus beiden, welche letztere Ansicht früher SCARPA ausgesprochen, später jedoch wieder zurückgenommen hatte, weil ihm seine Ansicht mit der BELL'schen Entdeckung unvereinbar erschien.

WUTZER [1]) dagegen glaubte gerade darin den Grund gefunden zu haben, warum die Verbindung an dem gemeinsamen Stamme stattfinde, dass von dort her aus beiden Wurzeln sensitive und motorische Nerven dem Sympathicus zugeführt werden können, und betrachtet jenen Zweig geradezu als einen spinalen zu dem sympathischen Nerven. Diese Ansicht theilen auch J. MÜLLER [2]) und RETZIUS [3]), von welchen der erstere aus Untersuchungen am Kalbe, der letztere am Pferde anführen deutlich gesehen zu haben, dass jener Zweig sowohl mit der vordern, als auch mit der hintern Wurzel des Spinalnerven in Verbindung stehe. Bei diesen Annahmen giebt sich überall das Streben kund, die motorischen Fasern des Sympathicus aus dem Rückenmarke abzuleiten, unbekümmert um die Möglichkeit, dass dem sympathischen Nerven eigene motorische Fasern innewohnen können, für deren Existenz mindestens die ganze Art der Bewegung jener durch den Sympathicus betheiligten Organe, sowie der Umstand spricht, dass die Bewegung derselben noch lange Zeit fortbesteht, auch wenn sie vollständig aus dem Zusammenhange mit dem Organismus gelöst sind.

Die Natur dieses Verbindungszweiges als eines mindestens vorzugsweise sympathischen dürfte besonders aus der Art hervorgehen, in welcher er Fäden vor seinem Eintritte abgiebt. So geht aus dem Theile, welcher dem Spinalganglion am nächsten ist, jenes Fädchen ab, welches sich dem animalen Zweige des Knochenblutleiternerven beimischt. Es besitzt ganz die Eigenschaften des Nerven, von welchem es abgeht; ist nämlich grauröthlich, weich und sticht so immer deutlich von dem härtlichen weissen Nervchen ab. Die Verbindung mit dem Knochennerven geschieht gewöhnlich bald nach dem beiderseitigen Abgange unter einen spitzen Winkel, entweder

---

1) Archiv für Anatomie, Physiologie etc. von J. Müller. Jahrgang 1834. S. 305.
2) Archiv für Anatomie und Physiologie von J. Friedr. Merckel. Jahrgang 1832. p. 85.
3) Ebend. S. 260.

innerhalb des Verlaufes durch das Zwischenwirbelloch, oder gleich nach der Ankunft im Wirbelkanäle. Nur selten ist es der Fall, dass der animale und der sympathische Faden eine grössere Strecke isolirt verlaufen und sich dann erst bei den gröbern peripherischen Ausbreitungen in ihren Fasern mischen.

Wenn es als Regel betrachtet werden muss, dass der Wirbelknochenblutleiternerve aus zwei bestimmt getrennten Zweigen, aus einem animalen und aus einem sympathischen entstehe, von welchen der erstere meist mit zwei Fädchen nahe unter dem Spinalganglion aus dem gemeinsamen Nervenstamme abgeht, der letztere aber $1 - 1\frac{1}{2}$ Linien von ihm entfernt aus dem hier sich einsenkenden sympathischen Verbindungszweige vor dessen Eintritt in den Spinalnerven abgegeben werde, so entnimmt man zahlreichen Beobachtungen manche, aber immerhin nur unwesentliche Abweichungen.

Eine der häufigsten Varietäten besteht darin, dass der spinale und sympathische Zweig so nahe an einander liegend abgehen, dass es den Anschein gewinnt, als entspringe das ganze Nervchen nur mit einem und zwar dem sympathischen Faden. Man hat in diesem Falle eine sehr sorgliche Entfernung alles überkleidenden Zellstoffes und die Betrachtung mit der Lupe nöthig, um zur Ansicht zu gelangen, dass aus dem Spinalnerven ein gesondertes Zweigchen abgeht und sich an das hier abgehende sympathische Würzelchen für den gemeinschaftlichen Knochenblutleiternerven gleich so anlegt, dass nur eine feine Furche die wirkliche Scheidung bezeichnet. So findet es sich besonders oft an den Heiligenbeinnerven, wo sich das Verhältniss bisweilen wirklich nur durch die an andern Nerven schon gemachte Beobachtung und eine durch mehrfache Untersuchung zur Klarheit gebrachte Anschauung in richtiger Weise deuten lässt. Bisweilen findet man das weisse und graue Wurzelfädchen eine weitere Strecke nebeneinanderlaufend, ohne dass eine Vereinigung zu einem gemeinsamen Stämmchen bemerklich wäre. Man erkennt jedoch hier fast immer Bogenfasern, öfters eine förmliche plexusartige

Verbindung, welche die Fasermischung vermittelt und die Zusammengehörigkeit beider Nervenelemente darthut. Ich habe einen Fall beobachtet, an welchem auch diese Art der Verbindung nicht bestund, und bei welchem es allen Anschein hatte, dass die beiden Nervchen ohne alle Beziehung zu einander verlaufen, indem sie bis gegen den innern Rand des Sinus keinerlei Verbindung zeigten. Erst hier liessen sich ihre gegenseitigen Verbindungen wahrnehmen, indem die feinen Zweigchen vielfach sogenannte Anastomosen bildend ein reichliches Nervengeflecht darstellten, welches unter und über dem Blutleiter sich ausbreitete.

Solche und ähnliche Abweichungen von jenem gewöhnlichen Typus finden sich sehr vielfach, und es werden selbst gewöhnlich auf den beiden Seiten eines Wirbels nicht die gleichen Anordnungen getroffen.

Aus dem am nächsten gegen das Spinalganglion hin gelegenen sympathischen Verbindungsfaden gehen immer eines oder mehrere sehr feine Fädchen durch das Zwischenwirbelloch in den Wirbelkanal, um sich in der Zellstoffschichte daselbst auszubreiten. Nicht beständig sind es inzwischen selbstständige Fädchen, sondern häufig nur Zweige von jenem sympathischen Faden, welcher sich mit dem spinalen Theile des Wirbelknochennerven verbindet. Es wechselt darnach besonders die Stärke des erstern, ob er zugleich die Fädchen für die Zellstoffmembran abgiebt, oder nur den Zweig bildet, welcher mit animalen Fasern vermischt in den Knochen und in den Blutleiter gelangt.

Es ist nicht selten der Fall, dass ein isolirtes, sehr feines, grauliches Fädchen über das Spinalganglion gegen die harte Rückenmarkshaut hin verläuft, aber sich, wie ich mich genauestens davon überzeugte, weder in dieser Membran verbreitet, noch auch in das Rückenmark gelangt, sondern der Zellstoffschichte über der dura mater angehört, oder sich um die Nervenwurzeln herumschlagend eine Verbindung mit den Knochennerven oder mit den den Blutleitern angehörigen Zweigen eingeht. Auf solche Befunde glaube ich die Beobachtung von MEYER [1]) beziehen zu müssen, wie sie in Taf. 57. fig. 1. bildlich dargestellt ist, da es mir bei dem grössten Scheine für eine Anordnung, wie sie dort gegeben wird, wo ein Fädchen bis in das Rückenmark hinein verfolgt ist, nur gelang, ein einzelnes Fädchen, getrennt von dem grössern sympathischen Zweige, bis in die Zellstoffmembran und nur einmal bis tief in das Spinalganglion hinein zu verfolgen. Dieses letztere Vorkommen und auch jenes eines isolirten Verlaufes eines sympathischen Fadens bis in das Rückenmark, wenn es sich wirklich bestätigte, haben inzwischen nichts Besonderes, da man schon an dem grossen Verbindungszweige mit Bestimmtheit Faserbündel in der Richtung gegen das Rückenmark hin eintreten sieht, und sie auch eine Strecke weit gegen das Centrum zu verfolgen im Stande ist.

Diese und ähnliche Beobachtungen über das Verhalten des Verbindungszweiges zwischen dem Sympathicus und dem gemeinsamen Stamme der Rückenmarksnerven, vor seinem Eintritte in den letztern, sind vor Allem geeignet, über seine Natur Aufschluss zu geben. Wenn man einerseits sieht, dass er bestimmt animalen Nerven während ihres Laufes nach der Peripherie Fäden beimischt, andererseits selbstständige Zweige zur peripherischen Verbreitung abgiebt, noch ehe er mit dem spinalen Nerven in Berührung getreten; wenn man ferner bemerkt, dass er beim Eintritte in den Spinalnerven sich fächerartig ausbreitet und dass man seine grauröthlichen Faserbündel sowohl nach dem Rückenmarke hin, als auch nach der Peripherie des animalen Nerven verfolgen kann, so dürfte seine Bedeutung als sympathische Verbindung mit dem animalen Nervensysteme schwer in Zweifel zu ziehen sein, auch wenn man die Analogie nicht zu Hilfe zieht, welche sich aus der Verbindung notorisch sympathischer Fäden mit den Hirnnerven ergiebt, wo überall, sowohl nach der Peripherie, als auch nach dem Centralende des Nerven ziehende sympathische Fasern nachzuweisen sind.

---

1) Nova acta physico-medica. Tom. 16. 1832. S. 1753.

Durch das Mikroskop ist man, trotz der schönen Arbeiten von VOLKMANN und BIDDER [1]), sowie von KÖLLIKER [2]), gegenwärtig noch nicht im Stande, diesen Gegenstand zur Entscheidung zu bringen. Es lässt sich nirgends mit Bestimmtheit ein scharfer Gegensatz und eine scharfe Grenze zwischen sympathischen und Cerebrospinalnervenfasern auffinden, da breite und schmale Fasern in beiden Systemen vorkommen, ohne dass sich bestimmen liesse, ob sie ursprünglich da waren, wo sie gefunden werden, oder aber durch einen Austausch dahin gelangten. Das Doppeltcontourige ist ein so precärer Charakter der animalen Nervenfaser, dass er sehr häufig gar nicht zur Anschauung gebracht werden kann, und dies bei Nerven, die bestimmt durch ihren Ursprung und ihr ganzes Aeussere sich als animale ausweisen. Dazu kömmt die durch die heutige Forschung ausser Zweifel gesetzte Thatsache, dass eine Theilung der Primitivfasern beider Systeme stattfindet, wo es vollends unmöglich wird zu entscheiden, ob eine schmale Faser das Resultat einer Theilung einer breitern ursprünglichen Faser ist, oder aber von Anfang an als solche besteht. Nichtsdestoweniger ist man, obgleich das Mikroskop eine Specifität der Nervenfasern überhaupt zur Stunde nicht nachweisen lässt, und obgleich scharfe formelle Unterschiede sich nicht herausstellen, dennoch genöthigt und durch experimentelle und pathologisch-anatomische Untersuchungen berechtigt, den sympathischen Nerven, wenn nicht als ein selbstständiges System, doch als den Ausgangspunkt specifisch wirkender Nervenelemente anzusehen, welche ihrerseits ebensosehr mit Fasern aus dem animalen Nervensysteme vermischt werden, als dieses von ihnen versorgt wird.

Die mikroskopische Untersuchung der beiden die Knochenblutleiternerven zusammensetzenden Zweige gewährte keine sehr markirten und nur bei der jeweiligen Vergleichung etwas

---

1) Die Selbstständigkeit des sympathischen Nervensystems. Leipzig, 1842.
2) Selbstständigkeit und Abhängigkeit des sympathischen Nervensystems. 1845.

wahrnehmbare Unterschiede. Das spinale Zweigchen zeigte immer eine grössere Anzahl breiter und scharf contourirter Fasern, an welchen, wenigstens bei Weingeistpräparaten, eine doppelte Contour nicht, wohl aber ein vielfach varicöses Ansehen zu bemerken war. Im sympathischen Wurzelfädchen fanden sich sehr breite, nicht so scharf begrenzte Fasern, deren Varicositäten nicht rundlich, sondern spindelförmig waren, mit oft beträchtlicher Auftreibung und stellenweisem gänzlichem Mangel des Nervenmarkes in der membranösen Hülle der Primitivfaser. Den Inhalt fand ich immer sehr feinkörnig und homogen, nicht leicht jene deutlichern granulirten Massen und das Vorhandensein eines Axencylinders, wie bei den Nervenfasern des animalen Zweiges. Schmale Fasern waren in nicht beträchtlicher, immerhin aber in grösserer Menge als in jenem wahrzunehmen.

Die anatomische Darstellung des Ursprunges der Nerven unterliegt nach einiger Uebung im Aufsuchen und bei der Wahl eines passenden Verfahrens keinen erheblichen Schwierigkeiten. Die expediteste Untersuchungsmethode besteht darin, dass man an einem beliebigen Stücke der Wirbelsäule den Wirbelkanal in der Weise von hinten öffnet, dass die Wirbelbögen fast ganz abgetragen und der hintere Umfang der Spinalnerven, wo sie durch das Zwischenwirbelloch gehen, freigelegt wird, was an den Lendenwirbeln, die sich zur Demonstration dieser Nervenanordnung am besten eignen, in kürzester Zeit zu vollführen ist. Mit ungleich grössern Hindernissen ist die Nachweisung der Knochenblutleiternerven des Kreuzbeinkanales verbunden, wenn der ganze Zusammenhang zwischen dem sympathischen und dem spinalen Faden hergestellt sein soll, da die ganze seitliche Knochenmasse bis auf die vordern und hintern Kreuzbeinlöcher abgetragen werden muss, wobei bald das eine, bald das andere Fädchen reisst, bis nach Consumtion zahlreicher Kreuzbeine endlich ein befriedigendes, zureichend beweisendes Exemplar vorliegt. Man durchschneidet sofort die Nervenwurzeln an der einen Seite des

Rückenmarkes und schlägt dieses nach der Seite um, deren Nerven man darstellen will. Da ihr Ursprung an der vordern Fläche gegen den obern Rand des gemeinsamen Nervenstammes stattfindet, so wird der ganze Spinalnerve aus dem Zwischenwirbelraume etwas hervorgehoben und nach abwärts umgelegt. Schon nach Entfernung einiger Bindegewebeadhärenzen wird man an frischen Stücken eines weisslichen Nervchens ansichtig, welches oft sehr deutlich quer über den Sinus wegläuft und sich bis gegen die hintere Längsbinde erstreckt. Zu einer vollständigen Darstellung des sympathischen Zweiges ist es nöthig, vorerst den Theil des Sympathicus, welcher in Verbindung mit dem zu untersuchenden Nerven steht, möglichst zu isoliren und von der vordern und von der hintern Seite her jene Stelle zu präpariren, an welcher der nächst dem Spinalganglion eintretende sympathische Faden sich findet. Zwischen den beiden Zweigchen desselben läuft fast regelmässig das Stämmchen oder ein Zweig der arteria spinalis. Ueber dieser oder nach abwärts von ihr wird sich jederzeit das sympathische Fädchen für den Knochennerven auffinden lassen.

2. Verlauf und gröbere Verzweigung der gemeinschaftlichen Knochenblutleiternerven.

Die Vereinigung des spinalen und sympathischen Fadens geschieht meist an dem äussern Rande der Längsblutleiter des Wirbelkanales. Das hierdurch gebildete Stämmchen läuft nahe an der Wandung des untern Wirbelausschnittes, und liegt anfangs zwischen der vena und arteria spinalis. Es tritt gewöhnlich bald unter den Blutleiter, läuft aber auch sehr oft auf demselben bis gegen die hintere Längsbinde hin. Eine weite, fibröse und etwas durchsichtige Scheide umhüllt das Stämmchen locker und ragt über dessen Ränder so vor, dass es in ihrer Mitte oft nur bei Betrachtung mit der Lupe als ein feines, weisses Fädchen wahrgenommen wird. Die Stärke desselben richtet sich nach der Grösse der Wirbel, daher es

an den Lendenwirbeln und an den zwei obersten des Kreuzbeines am beträchtlichsten ist. Für den ersten Blick und besonders an nicht ganz frischen Präparaten, an welchen die
Scheide ihre Durchsichtigkeit bereits eingebüsst hat, erscheint
es wie ein feines, entleertes Blutgefäss, und entging ohne
Zweifel desshalb, und weil man nicht methodisch darnach
forschte, bisher der Beobachtung. Oft wird man auch, weil
feine Blutgefässe, welche von und zu dem Spinalnerven gehen,
an jener Stelle sehr zahlreich sind, bei nicht ganz vollständig
injicirten Präparaten genöthigt sein, das für den Nerven
gehaltene Gebilde der Entscheidung durch das Mikroskop zu
unterwerfen. Das Stämmchen theilt sich bisweilen schon sehr
bald in zwei Zweige, und mehrmals fand ich, dass ein Zweig
über den Sinus lief, der andere sogleich zu seiner weitern
Vertheilung unter denselben trat. In andern Fällen ist das
einige Stämmchen beträchtlich lang, wie fast regelmässig an
den Kreuzbeinwirbeln, an welchen es häufig ohne alle Theilung
bis gegen die Mittellinie hin verläuft, wo sodann erst die
gröbere Verzweigung beginnt.

Vor dem eigentlichen Zerfallen des Stämmchens sieht
man gewöhnlich an seinem Anfangstheile sehr feine Zweigchen abgehen, welche gegen den Ursprung des Wirbelbogens
hin verlaufen und ohne Zweifel in ihn und in die Fortsätze gelangen. Eine Verfolgung tiefer in die Knochensubstanz ist
schlechterdings nicht möglich. Bei der äussersten Feinheit
der Fädchen gelingt es nicht weiter, als dieselben bis an die
Stellen zu verfolgen, an welchen sie in den Knochen treten.
Der erste stärkere Zweig, welchen ein nervus sinuvertebralis abgiebt, ist der Rippenknochennerve. Gewöhnlich ist nur
ein Zweigchen vorhanden, bisweilen werden jedoch auch zwei
zartere Fädchen oder eine Theilung des Rippennervchens in
zwei Zweige vor dem Eintritte in den Knochen wahrgenommen. Der Abgang ist bald unmittelbar über der Vereinigungs-
stelle des spinalen und sympathischen Zweiges, bald findet er
erst bei dem Zerfallen des Stämmchens nach weiterem Ver-

laufe desselben statt, und dann läuft der Rippennerve unter einem Bogen, vom Sinus gedeckt, an seinen Bestimmungsort. Der Nerve zieht längs des innern Randes des ligamentum colli costae internum gegen den Rippenhals und tritt an dessen hinterer Fläche gegen den untern Rand hin, nahe am Rippenköpfchen durch eine feine Oeffnung, welche an der skeletirten Rippe stets deutlich zu sehen ist, in die Tiefe der Knochensubstanz. In die processus veri der Lendenwirbel sah ich einigemal sehr feine Fädchen eintreten, wiewohl es mir, ohne Zweifel ihrer äussersten Feinheit wegen, nicht immer gelang sie aufzufinden.

Zur Darstellung der Rippenknochennerven verfährt man am zweckmässigsten in der Weise, dass man die Wirbelkörper mit der Säge sehr sorgfältig abträgt, indem der Sägeschnitt noch durch die Articulation der Rippe mit dem Wirbelkörper geführt wird. Es gehört die Auffindung dieser Nervenfädchen zu den grossen Schwierigkeiten, und sie schön zu sehen ist wirklich Sache des Zufalles. In der festesten Ueberzeugung, dass auch die Rippen Nerven besitzen müssen, versuchte ich auf die verschiedenste Weise, bis es nach Dutzenden misslungener Versuche gelang, mich von ihrer Existenz zu überzeugen. Es bietet gewiss ein besonderes Interesse dar zu erkennen, wie zusammengehörige, gewissermassen ein einiges Ganze darstellende Gebilde, wie in anderer Beziehung, so in der Nervenbetheiligung, dasselbe Gesetz durchblicken lassen. Wenn einerseits schon die vergleichende Anatomie darthut, dass in den Rippen nur articulirende Querfortsätze der Wirbel gegeben sind, andererseits in Ausnahmsbefunden auch die vordere Wurzel am Querfortsatz des siebenten Halswirbels und der wahre Querforsatz des ersten und zweiten Lendenwirbels, wie ich zu wiederholtenmalen zu beobachten Gelegenheit hatte, mit dem Wirbelkörper in einer articulirenden Verbindung stehen, so zeigt sich diese Auffassung als eine naturgemässe sehr treffend auch in der Nervenanordnung, indem Wirbel und Rippen von denselben Nerven versorgt werden.

Die weitere gröbere Verzweigung des nerv. sinuvertebralis geschieht bald über, bald unter dem Blutleiter, und zum Theile bedeckt von der hintern Längsbinde. Das Erstere ist dann der Fall, wenn der Nerve über dem Sinus verläuft, wobei nicht selten einzelne Fädchen durch den Blutleiter hindurch in den Knochen verfolgt werden können. Gewöhnlich spaltet sich das Stämmchen in drei Endzweige, von denen jener, welcher aufwärts und etwas nach aussen hinzieht, immer länger und stärker ist, als der ihm entgegengesetzte, in der Richtung nach abwärts verlaufende. Es hängt dies damit zusammen, dass die Entfernung vom untern Wirbelausschnitte, von wo aus der ganze Wirbelnerve zieht, bis zum obern Ende je eines Wirbelkörpers ungleich grösser als bis zum untern ist, und daher auch eine viel grössere Knochenmasse von jener Seite aus versehen werden muss. Von dem untern Zweige aus verfolgte ich einigemal ein Fädchen, welches zwischen der Endfläche des Wirbelkörpers und zwischen dem Zwischenwirbelbande herabdrang und ohne Zweifel dort in den Knochen gelangte, da ich in dem Zwischenwirbelbande, ungeachtet wiederholter Untersuchungen seines Gewebes, Nerven nicht entdecken konnte. Verbindungen zwischen Nervenfäden des einen Wirbels mit jenen des nächstfolgenden noch vor dem Eintritte in den Knochen sieht man nicht selten, wiewohl es als Regel erscheint, dass die beiderseitigen Nerven je eines Wirbels nur ihm allein angehören. Der mittlere, gewöhnlich stärkste Zweig zerfällt unter der hintern Längsbinde nahe an der Mittellinie in viele kleine Zweigchen, welche theils durch kleinere Oeffnungen fast immer in Begleitung von arteriellen Blutgefässen in die Tiefe treten, theils durch jene zwei bis drei grösseren Oeffnungen, welche dem Austritte von Knochenvenen bestimmt sind, in die Tiefe gelangen, welches Letztere aber keineswegs ein ganz constantes Vorkommen ist.

Den seitlichen Massen des Kreuzbeines entsprechend findet sich an dem ersten und zweiten Wirbelnerven desselben fast immer ein stärkeres oder mehrere schwächere Fädchen, welche in der Richtung nach aussen verlaufen und sich in die Flügel des Heiligenbeines einsenken. Je nach der Anordnung, welche beim Ursprunge der Knochennerven des Kreuzbeines stattfindet, sieht man dieselben gleich anfangs abgehen, oder aber, wie bei frühzeitiger Bildung eines Stämmchens, erst während dessen weiterem Verlaufe. Das eigentliche Zerfallen des Stämmchens pflegt gegen die Mittellinie des Körpers der Kreuzbeinwirbel zu geschehen, wobei die ziemlich zahlreichen Fädchen mit Zweigchen der a. a. sacrales laterales in die Tiefe der Knochensubstanz gelangen.

Das Zerfallen des Stämmchens findet im Kreuzbeinkanale an den drei obern Knochennerven gewöhnlich über dem sehr dünnhäutigen Sinus statt, welcher sich bis nahe an die hintere Mittellinie des Kreuzbeines erstreckt, indem die Längsbinde nur noch als ein schmaler Sehnenstreifen besteht. An den zwei untern Kreuzbeinknochennerven lässt sich ein Stämmchen in der Regel nicht herstellen; die sehr zarten Nervchen zerfallen kurz nach ihrem Ursprunge in Fädchen, welche alsbald in den Knochen treten, so dass man gegen die Mittellinie hin günstigen Falles nur sehr wenige Fädchen wahrzunehmen vermag. Von dem Steissbeinnerven sah ich in das erste und zweite Steissbein ein äusserst feines, nur durch das Mikroskop als Nerve erkanntes Fädchen eintreten, wobei es mir aber nicht gelang, einen Zusammenhang desselben mit dem Sympathicus nachzuweisen. Es ist wohl möglich, dass der vegetative Zweig eben hier von der vordern Fläche des Kreuzbeines aus in den Knochen gelangt. Auf einen solchen Fall möchte ich auch die von KOBELT gemachte Beobachtung beziehen, welcher von vorn her sympathische Fädchen in einen Kreuzbeinwirbel treten sah. Es wäre dies durchaus keine mit unsern Nachweisungen im Widerspruche stehende Beobachtung, indem sich ja normalmässig mit dem spinalen Zweige des Knochennerven ein sympathischer verbindet, welcher auch wohl bei beträchtlicher Kleinheit oder völligem Mangel durch einen besondern, von einem Ganglion an der vordern

Kreuzbeinfläche eintretenden Zweig ergänzt oder ersetzt werden kann.

An keinem Knochennerven in der Länge der ganzen Wirbelsäule konnte ich weder am Ursprunge, noch an einer Stelle während des Verlaufes weder eine blosse Anschwellung, noch ein wahres Ganglion wahrnehmen, ungeachtet meine Aufmerksamkeit besonders auf diesen Gegenstand gerichtet war. Nach den Angaben von Gros [1] zeigte sich an den von ihm beobachteten Nerven der Röhrenknochen in der Nähe der Eintrittsöffnungen für dieselben »une production ganglionaire, un vrai ganglion«, was meines Wissens für dieselben Nerven von andern Beobachtern nicht bestätigt wurde. Es besteht einerseits die Möglichkeit, dass jene Production nur eine Varicosität des Nerven war, wie sie ja so oft und bisweilen nur stellenweise gesehen wird, und nachgewiesenermaassen eine Leichenerscheinung ist; andererseits die Wahrscheinlichkeit, dass Gros Pacini'sche Körperchen vor sich hatte, wie diess von Kölliker [2] am Diaphysennerv der tibia und am Nerven des Mittelhandknochen vom Daumen wahrgenommen wurde.

3. Endigung der Wirbelknochennerven.

Bei der feinern Verzweigung der Knochenblutleiternerven erkennt man zunächst eine Scheidung in solche Zweigchen, welche direct in den Knochen laufen, und in solche, die sich zu ihrer feinern Vertheilung sogleich in die Haut der Blutleiter begeben. Wir betrachten hier nur jene Zweige, welche nachweislich in den Knochen gehen.

Ausser jenen sehr zarten Fädchen, welche zu den Anfängen der Wirbelbögen, und jenen Zweigen, welche zu den Rippen gelangen, finden sich auf jeder Seite an der hintern Fläche der Wirbelkörper 6—8 feinste Zweige, welche durch

---

[1] Note sur les nerfs des os. Comptes rendus des séances de l'academie des sciences. Tome XXIII. 1846. S. 1107.

[2] Vergl. a. a. O. S. 72.

grössere und kleinere Oeffnungen in's Innere der Knochen
treten. Die Nervchen sind zum Theile so zart, dass sie der
Beobachtung durch das blosse Auge entgehen und nur dadurch
nachzuweisen sind, dass man die Blutgefässe mit Allem, was
an ihnen haftet, aus den Knochenöffnungen herauszieht, mit
Essigsäure behandelt und der mikroskopischen Untersuchung
unterwirft. Immer findet man um die Nerven und Blutgefässe
eine gemeinsame, von dem Perioste gebildete Scheide, welche
sich eine kleine Strecke weit in den Knochen hineinzieht. Es
gelingt durchaus nicht, die Nervchen sehr tief in die spon-
giöse Substanz hinein zu verfolgen, da ihre immer beträchtlicher werdende Feinheit eine Continuität der Fasern durch
das Messer nicht herstellen lässt. Ich habe indess einzelne
Fädchen soweit verfolgt, dass in ihnen das Mikroskop nur
noch wenige Fasern nachwies. Ihre Verzweigung in dem
ganzen Netzwerk des Wirbelknochens lässt sich aber bestimmt
dadurch nachweisen, dass man sehr feine Scheibchen der
Knochensubstanz abträgt, dieselben mit verdünnter Salzsäure
behandelt, und dann unter einem leichten Drucke der mikroskopischen Untersuchung unterwirft, wobei es dann, wenigstens
bisweilen, gelingt, da und dort Nervenfasern zu erkennen.
Auf diese Weise war ich in den Stand gesetzt, auch in dem
Wirbelbogen bis gegen den Dornfortsatz hin Nervenelemente
wahrzunehmen.

Bezüglich der Natur der Primitivfasern der Wirbelknochennerven muss ich KÖLLIKER vollständig beistimmen, wenn
er es schon aus den mikroskopischen Untersuchungen der
feinsten Nervenzweige wahrscheinlich findet, dass sie hauptsächlich dem animalen Systeme angehören, da man eine weit
überwiegende Menge breiter Fasern vorfindet. Die stärkern
Nerven der Wirbel enthielten nach ihm vorzüglich Fasern von
$0,002''' - 0,003'''$, die feinern Fäden nur solche von $0,0012'''$
$-0,002'''$. Es hat jener Forscher aus diesem Befunde den
Schluss gezogen, dass die Wirbelknochen mindestens nicht
allein aus dem Sympathicus stammen werden, was sich aus

den hier vorgelegten directen Beobachtungen als eine volle Wahrheit herausstellt.

Dass die animalen Fasern der Knochennerven sensitiver Natur sind, das ist eine sowohl auf experimentellem Wege, als durch die chirurgische Praxis begründete Thatsache. In welcher Beziehung sie aber zu dem Leben der Knochen stehen, dürfte eine zur Stunde noch nicht genügend zu beantwortende Frage sein. Es ist aber wohl nicht anzunehmen, dass sie mit den Ernährungsvorgängen in einem nähern Zusammenhange stehen, da man gerade hier an den Wirbelknochennerven ihnen für jene Zwecke bestimmte sympathische Fasern beigegeben findet. Ohne Zweifel vermitteln sie eben Empfindungen, die gewöhnlich nicht zu einem klaren Bewusstsein kommen, oder die man wenigstens nicht mit Bewusstsein in die Knochen verlegt. Wer jedoch genau darauf achtet, der wird z. B. nach langem Gehen oder Stehen hauptsächlich der tibia entsprechend eine eigene Empfindung wahrnehmen, die nicht leicht in die Haut oder in die Muskeln zu versetzen sein möchte. Eine gewisse, freilich nicht zu beschreibende Empfindung im Verlaufe der ganzen Wirbelsäule beim langen Stehen oder bei lange Zeit hindurch gebückter Position kann vielleicht auf die Nerven der Wirbel bezogen werden. Doch, wir bemerken diess nur beiläufig, um damit auszudrücken, dass wohl manche durch sensitive animale Nerven vermittelten Empfindungen bestehen mögen, ohne dass wir, ihrer nicht sehr markirten Aeusserung wegen, ihres Sitzes bestimmt bewusst werden.

Mögen jene Nerven was immer für eine physiologische Bedeutung haben, ihre Kenntniss ist, besonders für die Knochen des Rückgrates, unter allen Umständen von hohem praktischem Interesse. In ihnen findet die Schmerzhaftigkeit der Wirbel in vielen Erkrankungsformen derselben die bestimmteste Erklärung. Es sind aber auch Erkrankungen des Rückenmarkes und der centralen Enden der Spinalnerven, welche sich durch sie kundgeben. Entzündungen, Druck oder Reitzung irgend einer Art an den hintern Strängen des Rückenmarkes werden

alle jenen Wirbelknochennerven schmerzhaft afficiren, welche
aus den, der lädirten Rückenmarkspartie entsprechenden, Spinalnerven entspringen. Damit im Einklange findet man die
Wirbel jener Ausdehnung adäquat schmerzhaft. Der Schmerz
giebt sich besonders kund beim Drucke auf die Dornfortsätze,
wobei derselbe ohne Zweifel rein durch den mechanischen
Einfluss auf die im Zustande hoher Empfindlichkeit erhaltenen
Nerven, welche ja, wie wir zeigten, sich bis in den Dornfortsatz erstrecken, hervorgerufen wird; wie denn auch bei
manchen Affectionen der Zahnnerven der Schmerz, ohne dass
der Nerve im mindesten durch caries oder durch einen anderweitigen Substanzverlurst des Zahnes freigelegt wäre, schon
durch die leiseste Berührung aufgeweckt wird. Von selbst
einleuchtend ist die Entstehung der Schmerzen in den Fällen,
in welchen ein Wirbel so fracturirt ist, dass das dem Dorn-
fortsatze angehörende Wirbelbogenstück directe auf das Rückenmark drückt, oder der Wirbel durch Krankheit, wie durch
caries, dislocirt oder zusammengesunken ist und so das Rückenmark mechanisch irritirt.

Das Bestreben in der Begründung der Diagnose muss
jedesmal dahin gehen, zu entscheiden: 1) ob der Schmerz,
welcher beim Drucke auf den Dornfortsatz vermehrt wird,
nur auf den oder die Wirbel beschränkt bleibt; in diesem
Falle hat man eine Erkrankung vor sich, welche nur die
Wirbel betrifft; oder ob 2) gleichzeitig ein Schmerz der
peripherischen Ausdehnung eines oder mehrerer Spinalnerven
entsprechend besteht; in diesem Falle wird man ein Leiden
des centralen Endes jener Nerven oder des Rückenmarkes
vor sich haben.

Da die Art der Aufbewahrung des Rückenmarkes in dem
Wirbelkanale, in welchem es der hintern Fläche der Wirbel-
körper näher liegt als nach rückwärts den Wirbelbögen, bei
Integrität der Wirbelsäule, nicht erlaubt anzunehmen, dass bei
Leiden des Rückenmarkes ein Druck, welcher auf den oder
die ihrer Stelle entsprechenden Dornfortsätze ausgeübt wird,

auch mechanisch dasselbe treffe; und andererseits die feste
Verbindung der Wirbel untereinander eine Verschiebung derselben bei jener Untersuchungsmethode nicht gestattet, so hat
man sich in Erwägung dieser Verhältnisse nach anderartigen
Erklärungen umgesehen. Man suchte demnächst den Grund
der Erscheinung in einem Reflexe vom Rückenmarke aus auf
jene Nerven, welche der Hautpartie angehören, welche die
dem Rückenmarksleiden entsprechenden Dornfortsätze bedeckt.
Allein der Umstand, dass die Haut hier in eine Falte aufge-
hoben, und in diesem Zustande dort sowohl als auch in der
nächsten Umgebung verschiedentlich gedrückt werden kann,
ohne irgend jene Art von Schmerzen zu erzeugen, wie sie
ein Druck auf den Dornfortsatz hervorruft, musste bald die
Unhaltbarkeit der Erklärung darthun und die ganze Erscheinung
eben unerklärt fortbestehen lassen.

Die von mir, und ohne Zweifel schon mehrfach anderwärts gemachte Beobachtung, dass bei Rückenmarksleiden,
welche dem Ursprunge von nur einem oder zweien Spinalnerven entsprechen, eine Schmerzhaftigkeit der bezüglichen
Wirbel, welche beim Drucke auf ihre Dornfortsätze erhöht
oder angefacht wurde, stattfand, und auch die übrigen Theile,
welche der Ausbreitung des Nerven entsprachen, schmerzhaft
afficirt waren, dürften unsere Erklärung als eine naturgemässe
rechtfertigen und den Anstoss zu einer weitern genauen Prüfung
der eben so wissenschaftlich als praktisch interessanten Erscheinung geben, für welche in den Wirbelknochennerven
nach ihrem Ursprunge und ihrer Verbreitung ohne Frage das
wichtigste Erklärungsmoment gegeben ist.

II. Die Nerven der Blutleiter des Wirbelkanales.

Das Vorkommen von Nerven in den Venenhäuten ist bis jetzt nur von wenigen Beobachtern und nur für einzelne Venen constatirt worden. Der Grund hiervon ist für denjenigen, welcher sich mit dem Gegenstande längere Zeit beschäftigte, mindestens nicht einleuchtend, da die Nachweisung von Nerven hier nicht schwieriger ist, als bei manchen andern Organen, für welche sie bereits schon dargethan wurden. Sie wurden für die vena cava inferior von E. H. Weber [1] nachgewiesen, welcher beim Pferde und Rinde in jener Ader Nerven zwischen den Häuten verlaufen und sich in Zweige theilen sah, eine Beobachtung, welche Wutzer auch beim Menschen gemacht hat. Durch Purkinje wurden an den Hirngefässen beim Schafe feine Nervenzweige entdeckt, welche von Valentin [2] bestätigt und ausserdem auch an andern Gefässen erkannt wurden. Henle [3] sah an vielen dünnen, mit Essigsäure behandelten Venen feine Nervenbündel, welche dieselben an einer Stelle spiralförmig umwanden und, nach einer Beobachtung, in feiner Verzweigung auf einem Gefässe hinliefen. Die an Gefässen der pia mater wahrgenommenen Nerven sah jener Beobachter auch in den Bälkchen aus dem cavernösen Körper des penis und erkannte sie überdiess auch einmal an einem feinen Gefässe beim Frosche.

---

1) Weber-Hildebr. Anat. III, 91.
2) Valentin, Verlauf und Enden der Nerven. S. 71.
3) Allgemeine Anatomie. S. 511.

Nachdem ich durch lange Zeit fortgesetzte Untersuchungen der Blutleiter des Gehirnes mich von der Existenz von Nerven in diesen Gebilden überzeugt hatte, erschien es mir ebenso gewiss, dass sowohl die Blutleiter des Wirbelkanales, als überhaupt alle Venen nervenhaltig seien. Meine in dieser Hinsicht vorgenommenen Nachforschungen ergaben auch mit jener Vermuthung vollständig übereinstimmende Resultate. Die bei der Untersuchung eingehaltene Methode bestund darin, dass die grössern Venen einige Zeit in verdünnte Salzsäure gelegt wurden, wornach sie durchscheinend wurden, ohne so aufzuquellen, wie diess bei Behandlung mit Essigsäure der Fall ist. Dieses letztere Mittel erschwert bei grössern Gefässen dadurch die Untersuchung, dass bis auf die innerste Gefässhaut die andern Schichten in eine dicke Gallerte umgewandelt werden und ein beständiges Umrollen der Gefässwand stattfindet, Uebelstände, die bei der Salzsäure nicht vorkommen. Für kleinere Venen mit einer nur dünnen Gefässschichte ist inzwischen der Gebrauch der Essigsäure vollständig zureichend. Es ist, besonders bei stärkern Gefässen, wie bei den Hohlvenen, um einer Täuschung nicht ausgesetzt zu sein, nöthig, die Zellschichte zu einem guten Theile zu entfernen, um schon dadurch gesichert zu sein, nicht zufällig an dem Gefässe anliegende Nervenzweigchen als seinem Gewebe angehörige zu betrachten. Diesen Zweck erreicht man sehr vollständig, wenn man Essigsäure auf grosse Venen kurze Zeit einwirken lässt, sodann die gallertig gewordene äussere Schichte abstreift, die zurückbleibende Haut auswascht und einige Zeit in verdünnte Salzsäure legt, wobei sie die Eigenschaft umzurollen verliert, und auch in ihrer innersten Schichte durchscheinend wird. Wo es mir nicht gelingen wollte, beim Erwachsenen die Nerven zur Anschauung zu bringen, wählte ich für die grössern Venen 5—6 monatliche Früchte, welche mich selten im Stiche liessen. In dieser Weise untersuchte ich die vena jugularis interna et externa, vena cava superior et inferior, venae iliacae, venae crurales, die vena mediana und viele kleinere Venen. Den Ursprung der Nerven konnte ich bis jetzt nicht auffinden. Dieselben ziehen sich mit ihren feinern, oft nur ein paar Fasern enthaltenden Zweigen bis in die innerste Gefässhaut hinein. Sie zeigen keinen bestimmt ausgesprochenen Typus ihrer Verbreitung und finden sich jeweils in einer nur sehr geringen Menge, so dass man oft in längern Stücken keines Nerven ansichtig wird, und daher an den verschiedensten Stellen im Verlaufe einer Vene nachsuchen muss. Zur Erleichterung wählt man passend Objekte, an welchen die vasa vasorum gut injicirt sind. Hier gelang es mir meist, einen stärkern Nervenzweig eine Strecke weit mit einem Gefässchen verlaufen und sich endlich verzweigen zu sehen. Die feinste Verzweigung glückte mir nicht zu eruiren, indem die Fädchen sich zu sehr zwischen dem reichlichen und dichten Fasergewebe verstecken, wohl auch nicht immer die Nervenfasern nach so mannigfacher Behandlung des Präparates von manch andern Fasern des Gewebes zu unterscheiden sind. Bezüglich der Primitivfasern waltete die schmale Form bei Weitem über die breiten Fasern vor.

So wenig ich über die Nerven der bezeichneten Venen zu ermitteln im Stande war, ob sie aus dem Sympathicus allein oder auch aus dem animalen Systeme abgehen, so bestimmt konnte ich dagegen für die Blutleiter des Wirbelkanales darthun, dass ihre Nerven aus beiden Systemen entspringen. Sie werden von denselben Nerven aus versorgt, welche auch die Wirbelknochen versehen. Man kann hier direct Zweigchen nachweisen, welche von jenen Nerven ab, in ihr Gewebe treten. Nicht zu verwechseln sind diese aber mit solchen, welche nur durch die Blutleiter hindurch treten, um in den Knochen zu gelangen, was ausser der gröbern Untersuchung, unter dem Mikroskope daran erkannt wird, dass im herausgelösten Sinus die noch ziemlich dicken Nerven wie abgerissen aussehen, oder mindestens keine feinere Verzweigung im Gewebe erkennen lassen.

Der weitern Betrachtung der Blutleiternerven schicke ich

das Ergebniss der Untersuchung des feinern Baues der Sinus des Wirbelkanales voraus. Die in ihre Zusammensetzung eingehenden Elemente sind erstens ein Epitelium und zweitens verschiedene Faserschichten.

Das Epitelium stimmt in der Form mit dem der übrigen Blutgefässe überein, nur lässt sich dasselbe nicht leicht in grössern und zusammenhängenden Stücken gewinnen. Die einzelnen Plättchen, welche man beim Abschaben mit der Messerklinge erhält, sind theils rundlich, theils polygonal und von wechselnder Grösse. Meist findet sich bald in der Mitte, bald excentrisch gelagert ein scharf contourirter ovaler Kern, welcher durch ein homogenes Ansehen und durch einen bläulichen Schimmer gegen den übrigen fein granulirten Theil absticht. Plättchen, welchen der Kern fehlt, sind nicht selten, und vielfach sieht man Epitelialgebilde, die in einer homogenen Masse ziemlich grosse Elementarkörnchen tragen. Mehrmals erkannte ich, was mir anderwärts nicht vorkam, sehr schön ausgebildete hexagonale Plättchen ohne Kern und mit, in eine ganz lichte Masse eingebetteten, gröbern Molecülen. Alle Epitelialplättchen verhalten sich gegen concentrirte Aetzkalilösung in der Weise, dass sie alsbald zu kugligen gallertartig weichen Körpern aufquellen, anfangs sehr beträchtlich an Volumen zunehmen und dann sich allmälig, unter Zurücklassung eines zarten Körnchenhäufchens, auflösen. Dieses Verhalten, welches dieses Epitelium mit dem anderer Gebilde theilt, verdient insofern einiges Interesse, als dadurch über die Natur jener Plättchen Aufschluss gewonnen wird. Der Gedanke, welcher bei der Vorstellung, dass die Epitelialplättchen Zellen seien, sich demnächst aufdrängt, ist der, dass jene Lösung unter Erweichung der Zellenwand durch diese in die Höhle gelange und von hier aus die Wandung ausdehne, so dass man eine mit Aetzkalilösung gefüllte Blase vor sich hätte. So verlockend mir diese Ansicht auch erschien, als so irr-thümlich erwies sie sich bei weiterer Prüfung, indem auch solche Plättchen, welche in ihrem grössten Durchmesser durch-

schnitten wurden und einzelne Fragmente derselben. in gleicher
Weise aufquollen, obwohl eine geschlossene Höhle in beiden
Fällen nicht mehr bestehen konnte. Eine genaue und öftere
Verfolgung des Versuches überzeugte nur davon, dass der
Vorgang auf einer Durchdringung, Erweichung und endlichen
Lösung der Substanz der Plättchen beruht.

Unter den Fasergebilden der Blutleiterhaut ist jene Schichte,
welche zunächst auf das Epitelium folgt, nicht wie bei den
übrigen Gefässen die sog. gefensterte Haut, welche hier ent-
schieden ganz fehlt, sondern ein Faserstratum, welches am
meisten noch der Längsfaserhaut entsprechen dürfte. Es fehlt
aber sowohl die Brüchigkeit, welche die Längsfaserhaut cha-
rakterisirt, als auch die Eigenschaft, sich der Länge nach ein-
zurollen, sowie es denn überhaupt nicht gelingt, die Schichte
zu isoliren, und namentlich nicht sie in der Form einer Membran herzustellen. Nur durch die Vergleichung mit den übrigen
Faserelementen und durch die chemische Einwirkung sieht
man sich in den Stand gesetzt, dieselbe als ein besonderes
Stratum zu unterscheiden und über ihre Natur Kenntniss zu
erlangen. Es sind vorzugsweise nach der Längenrichtung
doch auch in die Quere verlaufende, gerade gestreckte oder
nur wenig wellenförmig gebogene, sehr lichte, zarte, platte
Fasern, welche sich durch Aetzkalilösung und Essigsäure nicht
verändern, oder mit ihren übrigens nicht sehr scharfen Contouren nur deutlicher hervortreten. Es erinnern die Fasern
sehr an jene, welche unter dem Epitelium seröser Häute als
spezifischer Bestandtheil derselben erscheinen, und an jene,
welche HENLE [1]) ganz treffend als die innerste Schichte der
Sclerotica beschreibt und abbilden lässt. Es gewährte mir ein
besonderes Vergnügen zu sehen, wie HENLE mit der ihm
eigenen Schärfe, ohne es zu wissen und zu wollen, die serösen Fasern bezeichnet, indem er von den Fasern der innersten Schichte der Sclerotica angiebt, »dass sie die Dicke und
den optischen Charakter der Bindegewebefibrillen haben, aber

---

1) Allgemeine Anatomie. S. 361. Taf. II. fig. 9.

steifer und fester seien, sich nicht kräuseln und in Essigsäure unauflöslich seien. « Jene Fasern gehören aber der Arach- noidea oculi an, von deren Existenz ich mich bestimmtestens überzeugte, und nicht allein jene Fasern, sondern auch ein Epitelium wahrnahm.

Zwischen jene wie immer zu bezeichnenden Fasern findet sich eine ausserordentliche Menge elastischer Fasern ohne alle Ordnung hineingestreut. Sie verlaufen fast alle isolirt, und nirgends bemerkt man eine Verbindung derselben zu einem Netze, sondern höchstens nur gabelförmige Theilungen, überall aber rankenförmige Umbiegungen. Die elastischen Fasern er- strecken sich einerseits bis unmittelbar unter das Epitelium, indem schon bei dem leichtesten Abstreifen desselben von der innern Oberfläche der Sinus immer solche gewonnen werden; und andererseits werden sie, jedoch in geringerer Menge, auch in der äussern Schichte der Blutleiterhaut wahrgenommen. Gebilde, welche ich auf das Bestehen einer Ringfaserhaut hätte beziehen können, vermochte ich ebensowenig zu sehen, als Fasern, welche in ihrem formellen und chemischen Verhalten an organische Muskelfasern auch nur erinnern konnten. Die äusserste Schichte besteht aus Bindegewebefasern gemischt mit ziemlich vielen fibrösen Fasern vom Periosteum her, welche durch ihre bündelförmige Anordnung durch das zartgekräuselte Ansehen und durch das innige Aneinanderlagern der einzelnen Fibrillen sogleich auffallen. Die ganze äussere Schichte wird durch Aetzkali und Essigsäure in eine gallertartige Masse um- gewandelt, wobei die Faserstructur vollständig untergeht, und nur jene lichten, den serösen ähnlichen Fasern, sowie die elastischen, übrig bleiben, zwischen welchen man denn auch hier die Nervenfasern mit der grössten Leichtigkeit heraus- finden kann.

Um die Nerven der Blutleiter des Wirbelka- nales zur Ansicht zu bringen, wählt man ein längeres Stück, welches sorgfältig von allen Adhärenzen aus dem Wirbelkanale gelöst wurde, spaltet dasselbe und setzt es kurze Zeit der Einwir-

kung verdünnter Essigsäure aus. Die vielen Veneneinmün-
dungsstellen stören die Uebersicht der Nervenausbreitung sehr,
und man ist nur dadurch, dass man das so vorbereitete Object
längere Zeit einem mässigen Druck zwischen Glasplättchen
aussetzt, im Stande, seinen Zweck zu erreichen. Da die Nerven meist an der Seite in den Sinus eintreten, mit welcher
er auf dem Knochen aufliegt, so muss man diese dem Objec-
tive zukehren. Schon eine mässige Vergrösserung weist fast
an jedem beliebigen Stücke seinem Gewebe eigenthümliche
Nerven nach. In sehr ausgewählten Objecten fand ich den
grössten Nervenzweig in der Längenachse des Sinus öfters
neben einem grössern Capillargefässe verlaufend. Es gibt derselbe nach beiden Seiten hin Zweige ab, welche sich bald
gabelig spalten und sich um die ganze Circumferenz des Blut-
leiters erstrecken. Dabei erkennt man eine immer feiner
werdende Vertheilung, so dass man häufig nur aus zwei bis
drei Primitivfasern bestehende Zweigchen wahrnimmt. Mehrmals sah ich sehr bestimmt ausgesprochene Primitivfaserthei-
lungen, wobei breitere Fasern, nachdem sie von ihrem Zweige
unter einem sanften Bogen abgetreten waren, in weiterem
Verlaufe unter einem stumpfen Winkel in zwei Fasern zer-
fielen, von deren fernerem Verhalten ich mich, da sie zwischen
die andern Gewebstheile traten, nicht mehr unterrichten konnte.
Schon dieser Befund war mir inzwischen für den vorliegen-
den Zweck sehr befriedigend, weil man gewiss mit Recht
den Schluss ziehen kann, dass da, wo in einem Gewebe die
Primitivfasertheilung erkannt wurde, die Nerven nicht bloss
durch dasselbe hindurchtretende, sondern ihm angehörige seien.

Die Nachweisung der Theilung bisher für primitiv ge-
haltener Nervenfasern gehört ohne Zweifel zu den wichtigsten
und folgenreichsten Entdeckungen der jüngsten Zeit. Wenn
durch sie auch bis jetzt noch die Einsicht in die Vorgänge
des Nervenlebens noch nicht besonders gefördert werden konnte,
so ist es schon Errungenschaft genug, der unbegründeten Theorie
der Endumbiegungsschlingen und der Vorstellung, als entspreche

dem centralen Ende einer Nervenfaser jeweils nur ein Punkt
der Peripherie als Ausdruck ihrer Endigung daselbst, Schranken
gesetzt zu haben. Das warme Interesse, welches eben dieser
Gegenstand in Anspruch nimmt und in vollem Maasse verdient, mag es entschuldigen, wenn wir an diesem Orte unsere
anderweitigen Beobachtungen darüber mittheilen. Als ein für
derlei Untersuchungen sehr geeignetes Objekt erwies sich die
Froschzunge. Dieselbe erlaubt eine beträchtliche Ausdehnung
beim Drucke zwischen Glasplatten und wird dabei nach Be-
feuchtung mit Aetzkalilösung so durchscheinend, dass sich die
Nerven von ihren Stämmchen an bis zur feinsten Verbreitung
getheilter Fasern verfolgen lassen. Die Theilung der Nervenfasern ist hier so auffallend und für Jedermann beweisend,
dass dieses überall leicht zu gewinnende Object vor Allem
für den Lehrzweck und zu Demonstrationen für Solche passend erscheint, die in Sachen der Theilung der Nervenfasern
noch ungläubig sein sollten. Man sieht häufig eine Faser sich
theilen, wenn sie eben im Begriffe ist, von einem Nervenzweige
abzugehen. Die Fasern pflegen sich jedoch gewöhnlich erst
nach einigem isolirten Verlaufe zu theilen, was meist unter
einem sehr stumpfen, höchst selten unter einem spitzen Winkel
geschieht. Von einer Theilungsstelle sieht man immer nur
zwei Fasern ausgehen, wobei es häufig vorkömmt, dass die
eine breit, die andere um die Hälfte schmaler ist. Die eben
aus der Theilung hervorgegangenen Fasern zeigen ein ver-
schiedenes Verhalten. Ganz häufig ziehen sie unter Bildung
eines Bogens, welcher täuschend den Abbildungen der weiland
Endumbiegungsschlingen gleich sieht, zu einem Nervenzweige
hin, legen sich an dessen Fasern an, um sofort mit ihnen
weiter zu laufen. Recht oft erkennt man, wie sich zwei solcher, von verschiedenen Seiten herkommender Fasern begegnen
und sich aneinander legen, um allein weiter zu ziehen oder
sich an dickere Nerven wieder anzulegen, Verhältnisse, wie
sie von R. Wagner [1]) schon sehr klar dargethan wurden.

---

1) Handwörterbuch der Physiologie. 17. Lieferung. S. 386.

Oft gewährt das Verhalten der Theilungsfasern bei ihrem Zu-
sammentreffen auffallend das Ansehen, als verschmelzen sie mit
einander, und mehrmals erschien es, als wäre da die Theilung,
wo ich eine Faser an eine andere hintreten sah, während
ich diese doch von ihrem Ursprunge her, d. h. von der Stelle
an, von welcher sie aus einer Theilung hervorging, bis dort-
hin verfolgte. Eine Theilungsfaser, welche sich nicht wieder
an andere anlegt, wiederholt den Prozess der Theilung nach
längerem oder kürzerem Verlaufe, oft zerfällt sie auch in ganz
kleinen Abständen in immer feiner werdende Zweigchen, wobei
die Theilung mit dichotomischem Typus unter immer stumpfen
Winkeln stattfindet. Die feinsten Theilungsfasern stellen bisweilen nur noch Reihen molekularer Körnchen dar, und lassen
sich auch oft nicht in der entferntesten Spur verfolgen. Einigemal schien es mir, dass sich die Fäserchen mit solchen verbinden, die von einer andern Seite herkamen, so dass ein
weites, aber aus äusserst zarten Fasern gebildetes Netzwerk
vorlag. Zweimal glaube ich sicher gesehen zu haben, dass
feinste Theilungsfasern, welche ich von ihrem Ursprung durch
viele Theilungen hindurch verfolgte, mindestens keine freie
Endigung hatten, sondern mit von andern Seiten herkommen-
den Fäserchen gleicher Feinheit sich verbanden. Meist gelingt
es indess nicht, die Theilungsfasern weiter zu sehen, als dies
schon R. WAGNER [1]) angibt, indem an den meisten Objekten
und in den häufigsten Beobachtungsfällen dieselben sich frei
zu endigen scheinen, d. h. sich nicht weiter verfolgen lassen.

Der Gehalt der Blutleiter an Nerven ist gerade nicht
reich zu nennen, doch gelingt es immer, einzelne Zweigchen
auch in kleineren Stückchen wahrzunehmen. Die grössere
Menge findet sich nach der an dem Knochen anliegenden
Wandung, wo in der Regel auch die Eintrittsstelle für dieselben zu sein pflegt. Die feinsten Fädchen sieht man bis
in die innerste Faserschicht der Blutleiterhaut sich erstrecken.

---

1) A. a. O. S. 405. Taf. IV.

Die sog. primitiven Fasern sind in den gröbern Zweigen, sowohl breite als schmale. Bei den erstern konnte ich doppelte Contouren nicht erkennen, wiewohl die Breite so beträchtlich war, als sie überhaupt an Nervenfasern vorkömmt, und die Ränder sehr markirt erschienen. Oefters sah ich an den breiten Fasern den Nerveninhalt in der Weise zusammengedrängt, dass stellenweise spindelförmig gestaltete Anschwellungen im Laufe der Faser vorkamen, deren mittlerer bauchiger Theil auffallend dick, die verjüngten Enden dagegen sehr dünn waren und allmälig in die sehr collabirten markarmen, sie verbindenden Fasertheile übergingen. Die feinsten Zweigchen enthalten eine sehr überwiegende Menge schmaler Fasern, welche an den mit Essigsäure behandelten Präparaten ganz jene Formen zeigten, wie sie von BIDDER und VOLKMANN [1]) für die sympathischen Fasern angegeben wurden.

Es wird der Inhalt der Fasern in der Weise angeordnet gefunden, dass er nur von Stelle zu Stelle als ein grösseres oder kleineres fettähnliches Tröpfchen wahrgenommen wird, wobei die zwischen derselben liegende membranöse Hülle kaum zu sehen ist, und die ganze Faser eine linear angeordnete Körnerreihe darstellt, deren Bedeutung oft nur dann erkannt wird, wenn man den Vorgang der Bildung durch die verschiedenen Zwischenstadien hindurch verfolgt hat. Die Eigenthümlichkeit der Formen war mir so lange räthselhaft, bis es gelungen war, sie aus einem grössern Nervenzweige heraus bis in die feinsten Fasern zu verfolgen, wobei es mir denn klar wurde, dass jene, in breiten Fasern durch ein Zusammengedrängtwerden des Faserinhaltes entstandenen spindelförmigen Gestalten nur Anfangsbildungen darstellen für jene stellenweise vollständige Abschnürung. Man sieht an solchen Metamorphosen, wie nirgends anderswo so deutlich, dass die Nervenfasern in Wahrheit Röhrchen sind, deren sehr zarte Wandungen auf die Anordnung ihres Inhaltes einen wesent-

---

1) Die Selbstständigkeit des sympathischen Nervensystems. Leipzig, 1842. S. 19.

lichen Einfluss haben. Da ich jene Veränderungen an Fasern beobachtete, die Nerven angehörten, welche unmittelbar aus dem spinalen Systeme entsprangen, so muss ich BIDDER und VOLKMANN widersprechen, wenn sie darin eine nur den sympathischen Fasern zukommende Eigenheit erkennen wollen.

Dass die Nerven der Blutleiter nicht blos sympathische Fasern enthalten, das kann ich als eine Thatsache hinstellen, indem es mir gelang, Nervchen direct aus den gemeinschaftlichen Knochenblutleiternerven bis in das Gewebe hinein und bis zu ihrer Vertheilung zu verfolgen. Es wird diese Beobachtung aber auch noch durch Analogieen unterstützt. Die Blutleiter der harten Hirnhaut werden von einem eigenen Nerven aus dem ersten Aste des dreigetheilten Nerven versehen, und empfangen nur insoweit sympathische Fasern, als solche eben dem Quintus aus dem plexus caroticus nach der Peripherie hin zugemischt werden. Diese Wahrnehmungen an den Blutleitern machen es mir, obgleich eine directe Beobachtung nicht vorliegt, wahrscheinlich, dass auch die Nerven der übrigen Venen aus animalen und sympathischen Fasern gemischte sein werden. Sehr käme dieser Annahme, wenn sich die Angaben bestätigen sollten, zu Statten, dass auch in die Häute der Arterien cerebrospinale Nerven eintreten. Hierher gehören Beobachtungen von WRISBERG [1]), welcher Zweige vom nerv. trigeminus zu den Arterien des Gesichtes treten sah. RIBES [2]) will Nerven vom plexus brachialis bis zum untersten Theile der art. brachialis verfolgt haben. LUCAE [3]) beschreibt Nervenzweigchen, welche aus dem nerv. medianus zur art. brachialis gehen, von denen einzelne sich in die Faserhäute begeben, andere sich in der Zellscheide des Gefässes verlieren. Obgleich die Abbildungen nicht zu Gunsten

---

1) Sylloge commentationum anatomicarum: de nervis arterias venasque comitantibus. p. 27.

2) Meckel. Archiv 1819. S. 442.

3) Quaedam observationes anatomicae circa nervos arterias adeuntes et comitantes. p. 37. fig. I.

einer sehr scharfen Beobachtung sprechen, so geht doch aus
der ganzen Schrift hervor, dass der Verfasser mindestens animale Nervenfasern in die Arterienhäute treten sah. Auch
nach Göring [1]) gelangen animale. Nerven zu den Pulsadern,
indem er sie an den Arterien der Extremitäten dargestellt hat.

Es kann nicht zweifelhaft sein, dass die Nerven der
Blutleiter die verschiedensten Zustände derselben zu unserm
Bewusstsein bringen werden. Ueberfüllung der Sinus wirkt
vielleicht in der Weise auf die Nerven zurück, dass jenes
eigenthümlich rieselnde durch die ganze Länge des Rückgrates
sich erstreckende Gefühl entsteht, wie es sich bei beginnendem
Froststadium der Fieber und bei manchen andern, mit Zurück-
drängung des Blutes aus der Peripherie verbundenen Zuständen
kundgiebt. Reizzustände, sowohl im sympathischen als spinalen
Nervensysteme können, auf jene Nerven übergetragen, Erscheinungen bedingen, wie sie zum Theil der Spinalirritation zugeschrieben werden. Nicht unwahrscheinlich ist es, dass auch
die Hämorrhoidalrückenschmerzen, sowie überhaupt die verschiedensten Algieen in der Rückgratsgegend, durch diese Nerven
zunächst vermittelt werden. Mögen diese und andere Empfindungen, wie das Wollustgefühl, welches bei der Begattung
die ganze Länge des Rückgrates einnehmen soll, auch was
immer für eine andere Erklärung finden, soviel ist nicht zu
verkennen, dass jene Nerven qualitative und quantitative Verhältnisse des Blutes in den Sinus in irgend einer Art von
Empfindung zu unserm Bewusstsein bringen können.

---

1) De nervis vasa adeuntibus. p. 12.

III. Die Nerven der Zellgewebsschichte und der Knochenhaut des Wirbelkanales.

Das Bestehen eines verbindenden, die Interstitien zwischen Organen und Organtheilen ausfüllenden Zellgewebes ist ein so allgemein verbreitetes, dass es begreiflich erscheint, wenn es Niemand beikömmt, überall besonders davon abzuhandeln. Dass aber bei einem Organe von so hoher Dignität, wie die des Rückeumarkes ist, wo im Hinblicke auf nur mögliche Erkrankungen auch das Kleinste der grössten Aufmerksamkeit werth ist, wo überdies zugleich in der Anordnung des Bindegewebes eine andere Einrichtung gegeben ist; dieser Gegenstand so wenig Berücksichtigung fand, dies ist schwer einzusehen und möchte eine kurze Erörterung desselben hier wohl entschuldigen.

Die meisten Schriftsteller sprechen sich darüber in einer nur sehr unbestimmten Weise aus. So führt z. B. HILDEBRANDT-WEBER [1]) an: »der Sack der Rückenmarkshaut liegt nicht dicht an der innern Fläche des Kanales des Rückgrates, sondern nur locker, und zwar hinten lockerer als vorn, so dass zwischen ihm und der innwändigen Fläche des Kanales ein Zwischenraum ist, den eine wässrig-gallertige Materie, nach vorn Zellgewebe, am Kreuzbein Fett ausfüllt«. Bei BOCK [2]) lesen wir: »der Sack der Rückenmarkshaut füllt den Kanal der Wirbel-

---

1) Handbuch der Anatomie des Menschen. Stuttgart. 1833. Band III, 381.
2) Handbuch der Anatomie. 2. Auflage. Band II, 65.

säule nicht ganz aus, so dass zwischen ihm und der Wand
des Rückgratskanales ein Zwischenraum bleibt, und er s c h w e -
b e n d im canalis spinalis erhalten wird. Der vordere Zwischenraum wird durch lockeres Zellgewebe ausgefüllt, hinten,
zwischen der dura mater und der innern Fläche der Wirbelbogen ist lockeres, gelbröthliches, gallertartiges Fett angehäuft.«
Um zu einer richtigen Anschauung der Zellgewebsschichte
des Wirbelkanales zu gelangen, ist es vor Allem nöthig, diesen
in verschiedener Weise zu eröffnen. Zur Untersuchung des
Theiles, welcher am hintern Umfange der harten Rückenmarkshaut angeordnet ist, eröffnet man ein beliebiges h e r a u s -
g e n o m m e n e s Stück der Wirbelsäule so, dass man zuerst
die Wirbelkörper abträgt, und nach Durchschneidung der Nervenwurzeln der einen Seite versucht, das Rückenmark nach
der entgegengesetzten umzuschlagen. Man wird bei dieser
Procedur vielfach zellgewebige Adhärenzen zu der innern
Fläche der Wirbelbögen wahrnehmen, welche mit einer unmittelbar auf der hintern Fläche der dura mater liegenden, haut-
artig ausgebreiteten Zellstoffschichte zusammenhängen, die bei
ganz geeigneten Individuen zu grössern Stücken in Form einer
Membran ablösbar ist, auch wohl von einer Stelle aus eine
Strecke weit sich aufblasen lässt. Wird, wie gewöhnlich,
der Wirbelkanal von hinten geöffnet und die Wirbelbögen
mit Gewalt abgerissen, so geht die ganze Zellgewebsschichte
mit, so dass die dura mater nackt da liegt, oder von Zell-
stoffbündeln und Fett noch theilweise bedeckt ist, wodurch
dann allerdings der gewöhnliche Befund hergestellt wird.

Zur Darstellung des Theiles der Zellgewebsschichte, welcher
die dura mater des Rückenmarkes nach vorn überzieht, entfernt man die Bögen bis in die Zwischenwirbellöcher, trennt
die Nerven der einen Seite und versucht das Rückenmark
umzuschlagen, wobei man finden wird, dass die dura mater
durch ziemlich straffe Zellstoffadhärenzen an das lig. longitudinale posterius und an die Blutleiter geheftet ist. Nach
Lösung dieser Verbindungen kann man sich davon überzeugen,

dass auf der dura mater ein Zellgewebsblatt liegt, welches über der ganzen Haut ein Continuum darstellt, an den Rändern des Sackes der dura mater Zellgewebsscheiden für die Spinalnerven, während ihres Verlaufes durch den Wirbelkanal und die Zwischenwirbellöcher bildet, und sofort in das Blatt am hintern Umfang übergeht. Dies Alles wird lehren, dass der Sack der harten Rückenmarkshaut ziemlich straff an die Wirbelkörper geheftet, also gewiss nicht schwebend im Wirbelkanale aufgehängt ist, andererseits, dass man keinen ganz formlosen, lockern Zellstoff, noch viel weniger aber ein blos gallertiges Fett oder eine Sulze vor sich habe. Am Anfangstheile des Sackes der harten Rückenmarkshaut, wo er nach vorn mit dem apparatus ligamentosus zusammenhängt und nach hinten mit der membrana obturatoria posterior verwachsen ist, lässt sich jene Anordnung nicht erkennen. Ebenso findet sich im Kreuzbeinkanale, wo die harte Rückenmarkshaut als ein nur sehr schmaler Strang erscheint, der Zellstoff nicht mehr in Form einer umhüllenden Membran, sondern als formloses, von Fett reichlich durchsetztes Bindegewebe. Die Zellstoffschichte ist in den meisten Leichen die Trägerin von sehr viel Fett, welches theils zwischen die Adhärenzen, theils in ihre Maschenräume abgesetzt ist, und nicht selten sich durch Krankheit so verändert zeigt, dass es ein vollständig gallertartiges Ansehen gewinnt, wobei zugleich der Zellstoff oft so erweicht und serös infiltrirt ist, dass ein solcher Fall sich nicht eignet, den normalen Sachverhalt anschaulich zu machen. Blutgefässe finden sich in ziemlicher Menge, zumal an jenen Stellen, an welchen der Zellstoff die Spinalnerven umhüllt.

Die mikroskopische Untersuchung weist nicht allein Zellstofffibrillen, sondern auch fibröse und elastische, sowie Nervenfasern nach. Mit blossem Auge lassen sich sehr feine grauliche Fäden in einzelnen Stücken der Zellgewebsmembran, besonders in jenen wahrnehmen, welche man gewinnt beim Versuche, die harte Rückenmarkshaut von der hintern Fläche der Wirbelkörper abzulösen. Sehr deutlich werden sie bei grössern Thieren gesehen, wenn bald nach dem Tode der Wirbelkanal geöffnet wird und die Venen um die Spinalnerven noch gefüllt sind. Feine Fädchen, welche über den dunkeln, durch die Gefässe gebildeten Grund weglaufen und mit der Lupe bis in die Zellstoffschichte auf der dura mater verfolgt werden können, wird das Mikroskop gewöhnlich als Nervenfädchen nachweisen, wiewohl auch nicht selten ein isolirt verlaufendes Bündelchen von Zellstoff- oder sehnigen Fibrillen, worüber das blosse Auge nicht immer entscheiden kann, dafür wird gehalten werden.

Die Zahl der Nerven in jenem Gebilde ist nur gering, und ihre Verzweigung durchaus unbestimmt, indem man nur da und dort ein Fädchen sieht, das sich in Zweigchen von oft nur einzelnen Fasern spaltet, welche ihrer grossen Zartheit wegen nicht bis an die äusserste Grenze der Verzweigung und namentlich nicht bis zu einer Fasertheilung verfolgt werden konnten. Die Zweige enthalten in überwiegender Menge Fasern, welche zu den schmalsten gehören, die man als Nervenfasern ansprechen darf, und nur sehr selten einzelne breite Fasern. Ein Zurückgehen auf ihren Ursprung lehrt, dass sie rein sympathischer Natur sind, indem sie von Nerven abgehen, die unbezweifelbar diesen Charakter an sich tragen. Ich verfolgte sie von ihrem Ursprunge aus, sowohl von jenem Zweige des Sympathicus, welcher die Verbindung mit dem Spinalnerven am gemeinsamen Stamme desselben vermittelt, noch vor seinem Eintritte in diesen, als auch bisweilen von dem Zweige, welcher sich mit dem spinalen Ursprungstheile des Wirbelknochennerven verbindet, noch während seines Verlaufes zu diesem. Die Existenz von sympathischen Nerven im Bindegewebe überhaupt ist eine schon durch vielfach andererseits [1]) gemachte Beobachtungen begründete, und steht auch ganz im Einklange mit der Lebendigkeit, mit welcher die Ernährungsvorgänge in jenem Gewebe stattfinden. Die

---

1) Henle, allgem. Anatomie. S. 356.

Deutung der Nerven in der Zellstoffschichte des Wirbelkanales fällt daher ganz mit den für jene Verhältnisse gangbaren Ansichten zusammen.

Zum Studium der Nerven in der Knochenhaut des Wirbelkanales eignet sich nur jener Theil, welcher die innere Fläche der Wirbelbögen überzieht, da sie an andern Stellen, wie an der hintern Fläche der Wirbelkörper in ihrer Reinheit nicht zu gewinnen ist, indem an ihr die Blutleiter adhäriren und sie ausserdem durch die venae basivertebrales fast siebförmig durchbrochen ist. Es ist an dieser Stelle auch desshalb nicht leicht ein zureichendes Resultat zu gewinnen, weil viele in die Knochen gelangenden Nerven die Haut nur durchziehen, ohne ihrem Gewebe anzugehören. Das Periost an der innern Fläche der Wirbelbögen ist sehr zart und zerreisslich, und wird bei Behandlung mit concentrirter Aetzkalilösung so durchscheinend, dass alle Gewebetheile sehr leicht zu übersehen sind. In ihm erkannte ich immer einzelne sich feiner vertheilende Nervenfädchen, deren Fasern, nur lose nebeneinanderliegend, constant der schmalern Form angehören. Niemals sah ich aus den Knochenblutleiternerven oder den zur Zellgewebsschichte gehenden einen Faden in die Knochenhaut treten, so dass mir ein anderer Ort ihres Ursprungs wahrscheinlich wurde. Ich muss dies als eine Berichtigung der Angabe PURKINJE'S anführen, welcher die von ihm im Wirbelkanale wahrgenommenen Nerven geradezu dem Perioste angehören lässt. Demnächst untersuchte ich die Knochenhaut an der äussern Fläche der Wirbelkörper, um von da aus vielleicht auf den Nervenzusammenhang zu gelangen. Das Periost ist hier, die vordere Längsbinde nicht eingerechnet, ausserordentlich massenreich und dick, und behält diese Mächtigkeit bis an die Zwischenwirbellöcher. Von da an beginnt dasselbe, indem es zur Knochenhaut des Wirbelkanales wird, welche demnach nur eine Fortsetzung des äussern Periostes ist, zarter und dünner zu werden, und bekleidet die innere Fläche der hintern durch die Wirbelbögen und elastischen Bänder gebildeten

Wand des Wirbelkanales als eine continuirliche Membran, schickt da, wo sie an die Blutleiter stösst, Faserbündel über sie weg, zieht sodann unter ihnen hin, um die hintere Fläche der Wirbelkörper zu überziehen.

In jener äussern Knochenhaut der Wirbel fand ich eine nicht unbeträchtliche Menge von Nerven, welche inzwischen nur dann zu sehen sind, wenn man die sehr derbe Membran in möglichst dünne Schichten zerlegt, und letztere jeweils für sich der mikroskopischen Untersuchung unterworfen werden. Es gelingt dann immer, in der einen oder der andern Schichte Nerven sehen und in ihrer Verbreitung verfolgen zu können. Nicht alle in der Haut wahrnehmbaren Nerven gehören indess ihr an. Einzelne gehen neben Blutgefässen durch mehrere Oeffnungen an den Seitenflächen der Wirbelkörper in diese, und haben ohne Zweifel nur die Bedeutung von Gefässnerven. Dass übrigens nicht alle Nerven nur durchtretende sind, geht ausser ihrer feinern Vertheilung auch daraus hervor, dass jener Theil des Periostes, welcher die cartilagines interver- tebrales überzieht, von deren Nervenmangel ich mich über- zeugte, ebenfalls nervenhaltig ist. Von der äussern Knochen- haut aus verfolgte ich an einem Stücke, welches so abgelöst wurde, dass es durch das Zwischenwirbelloch mit dem Perioste eines Bogens ein Continuum bildete, einzelne Nervenbündelchen, und erkannte so auf das Entschiedenste den Zusammenhang der Nerven des äussern und innern Periostes.

. Ueber den Ursprung der Periosteumsnerven kann kein Zweifel obwalten, da man feine Fädchen des Sympathicus aus dem hintern Rande der Ganglien sowohl, als auch aus dem Verbindungsstrange derselben zu ihr treten und sich dort verbreiten sieht.

Ganz in Uebereinstimmung mit mehreren andern Beob- achtern habe ich mich nicht nur nach diesem Befunde, sondern auch nach Untersuchungen, welche ich am Perioste des radius und der ulna anstellte, zur vollsten Gewissheit gebracht, dass der Knochenhaut Nerven zukommen, dass aber nicht alle ihrem

Gewebe angehören, sondern einzelne, ohne Zweifel in der Bedeutung von Gefässnerven, durch feine Oeffnungen in die Knochen gelangen. In der vordern und hintern Längsbinde der Wirbelsäule konnte ich bisher nicht mit Bestimmtheit eigenthümliche Nerven nachweisen. Nur einmal bemerkte ich in dem dünnern, der Untersuchung leichter zugänglichen Halstheile des lig. longitudinale posterius einzelne aus wenigen Fasern bestehende Nervchen, deren feinste Verzweigung mir aber nicht zu sehen gelang, so dass ich diese Sache vor der Hand unentschieden lassen muss.

Fig I.

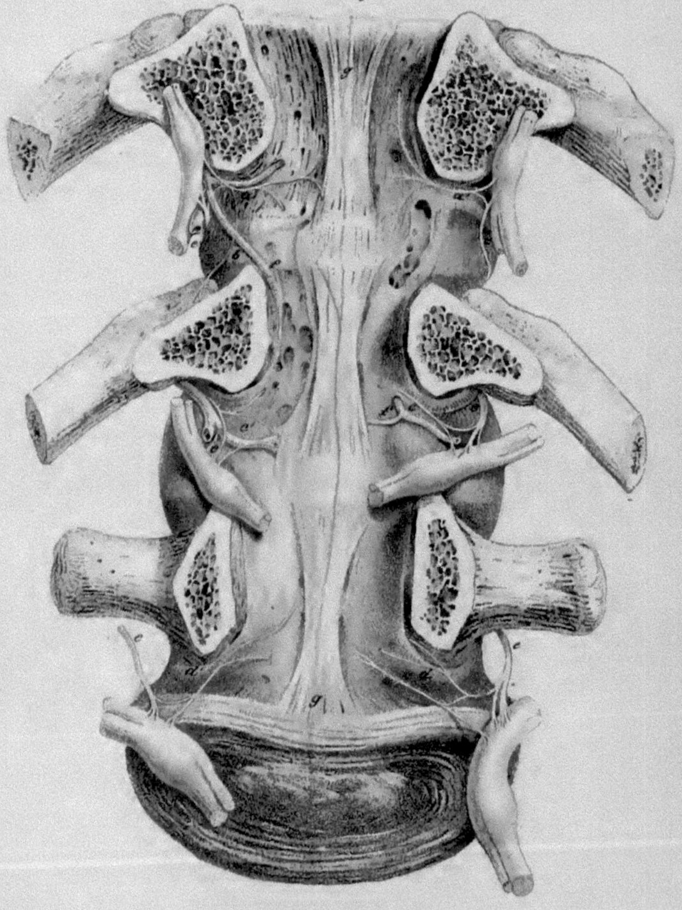

Fig II.

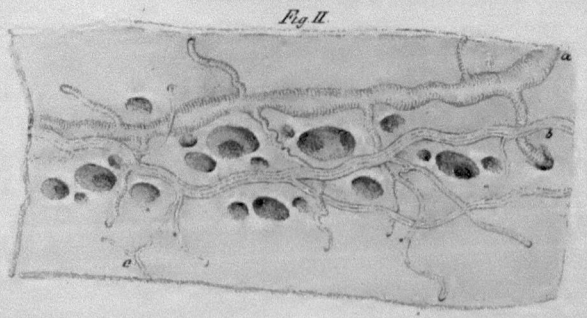

Erklärung der Abbildungen.

Taf. I.

Fig. 1. giebt die Anordnung der Knochenblutleiternerven, nervi sinuvertebrales — des 11ten und 12ten Brustwirbels, sowie des 1ten Lendenwirbels. Es sind zugleich die verschiedenen im Texte genauer bezeichneten Varietäten des Verhaltens der einzelnen Nerven dargestellt. An jedem Rückenmarksnerven sieht man die unmittelbar unter seinem Ganglion abgehenden animalen und jenen aus dem sympathischen Verbindungszweige entspringenden vegetativen Faden des Knochenblutleiternerven.

a. Nervus sinuvertebralis des eilften Brustwirbels in seiner Lage über dem Sinus, welcher an einer Stelle geöffnet ist.

a'. Der Nerve der entgegengesetzten Seite desselben Wirbels lag unter dem Sinus, welcher entfernt wurde, um das Eintreten einzelner Zweige in den Knochen zu zeigen, und den hier vom Blutleiter in Etwas gedeckt gewesenen Rippenknochennerven b. zur Ansicht zu bringen.

c. Beträchtlich langes Stämmchen des nerv. sinuvertebralis, welches in der Mitte über dem Sinus durch diesen tritt, um in den Knochen zu gelangen.

c'. Auf der andern Seite desselben Wirbels ist die animale und sympathische Wurzel des Knochenblutleiternerven isolirt bis unter den Sinus, unter welchem erst die Vermischung ihrer Fasern wahrgenommen wurde. Vom sympathischen Zweige geht ein Fädchen ab, welches in die Zellgewebssichte des Wirbelkanales gelangt.

d. Die Nervenanordnung auf dieser Seite des ersten Lendenwirbels bietet den Fall dar, in welchem nur ein äusserst dünnes sympathisches Fädchen zum spinalen Zweig des nerv. sinuvertebralis tritt, während ein stärkerer vegetativer Zweig selbstständig verläuft.

d'. Der Nerve der andern Seite besitzt ein kurzes Stämmchen, welches sich in zwei Zweige spaltet, von welchen der eine über den Sinus hinzieht, der andere bald unter denselben gelangt.

e. Verbindungsweige des Sympathicus an den gemeinsamen Stämmchen der Rückenmarksnerven.

f. Arteriae spinales.

g. Ligamentum longitudinale posterius.

Fig. 2. Darstellung eines vergrösserten Stückes eines Längenblutleiters des Lendentheiles der Wirbelsäule.

a. Ein mehrfach variceses Blutgefäss zieht in der Längenrichtung des Sinus und giebt nach beiden Seiten hin feinere Capillaren ab.

b. Der dasselbe begleitende Nerve verhält sich in ähnlicher Weise, indem er immer feiner werdende Zweige ausgiebt, an deren einem c. man die Theilung einer Primitivfaser erkennt.

Taf. II.

Knochenblutleiternerven des Kreuzbeines, des fünften Lenden-wirbels und der Steissbeine der rechten Seite. Der Kreuzbeinkanal ist von hinten her aufgebrochen, die Knochenmasse an der Seite bis in die foramina sacralia abgetragen, um das Verhältniss des Sympathicus zu den Sacralnerven darzustellen.

a. Nervus sinuvertebralis des fünften Lendenwirbels. Das spinale und das sympathische Fädchen treten vor der Bildung eines Stämm-chens in eine plexusartige Verbindung zu einander.

b. Erster Knochenblutleiternerve des Kreuzbeines, ganz nach dem Normaltypus, gebildet aus einem kurzen, zweiwurzligen spinalen und aus einem feinen sympathischen Zweige, welcher aus jener Communi-cation abstammt, welche sich als sympathische zum Sacralnerven ausweist.

c. Zweiter Knochenblutleiternerve des Kreuzbeines. Seine beiden Wurzeln sind sehr kurz, und die animale nur durch eine Furche vom sympathischen Verbindungszweige geschieden.

d. Zeigt am dritten Nerven ganz das vorige Verhältniss.

e und f. Beim vierten und fünften Nerven kömmt ein nur äus-serst feines Fädchen vom Sympathicus zu dem spinalen Zweigchen.

g. Der Steissbeinnerve giebt einzelne feine Fädchen in das erste Steissbein ab, welche von da aus zum Theil in die übrigen Steiss-beinstücke gelangen. Eine sympathische Verbindung konnte ich bis jetzt nicht nachweisen.

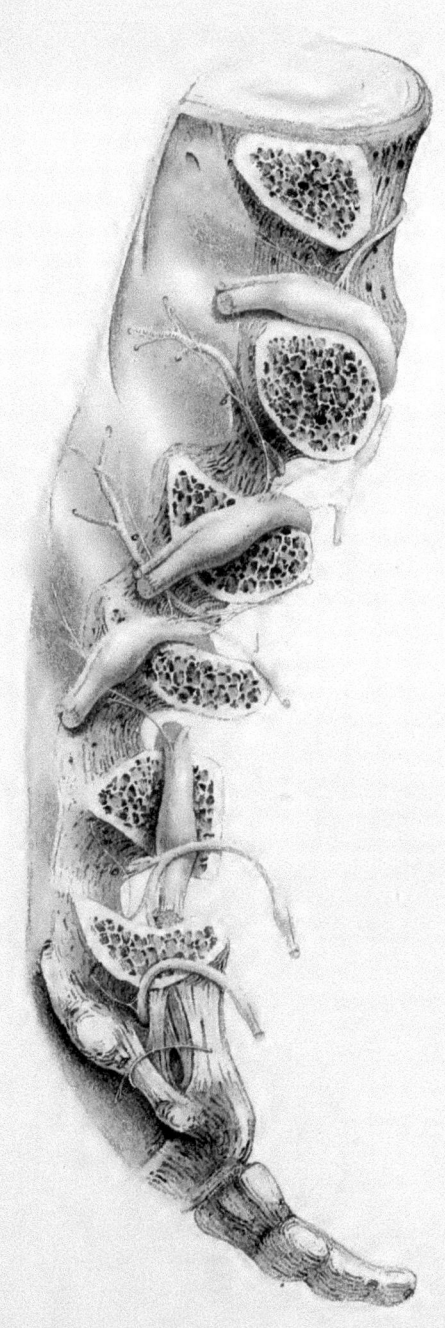